기기괴괴 중국 도시 괴담집

기기괴괴 중국 도시 괴담집

상하이 흡혈귀부터 광저우 자살 쇼핑몰까지

초 판 1쇄 2024년 07월 04일

지은이 강민구
펴낸이 류종렬

펴낸곳 미다스북스
본부장 임종익
편집장 이다경, 김가영
디자인 윤가희, 임인영
책임진행 이예나, 김요섭, 안채원

등록 2001년 3월 21일 제2001-000040호
주소 서울시 마포구 양화로 133 서교타워 711호
전화 02) 322-7802~3
팩스 02) 6007-1845
블로그 http://blog.naver.com/midasbooks
전자주소 midasbooks@hanmail.net
페이스북 https://www.facebook.com/midasbooks425
인스타그램 https://www.instagram.com/midasbooks

ISBN 979-11-6910-712-9 03810

값 18,500원

상하이 흡혈귀부터
광저우 자살 쇼핑몰까지

기기괴괴 중국 도시 괴담집

강민구

미다스북스

들어가며

필자가 대학생이던 시절, 홍콩에서 교환학생을 온 홍콩인 친구가 있었다. 어느 날, 친구와 홍콩 여행에 대해 이야기 하던 중, 그 친구는 나에게 홍콩 여행을 갈 때 호텔을 잘 골라야 귀신을 보지 않는다는 신기한 말을 해주었다. 친구의 말에 따르면, 홍콩에는 섬들이 많고 음기가 많은 바다의 영향을 크게 받아서인지 귀신들이 많다고 했다. 친구의 아버지도 홍콩 시골 지역에 출장을 가서 밤새 자신을 괴롭히는 귀신 때문에 잠을 못 이룬 적이 있다고 하였다.

사실 친구의 이야기가 무서웠다기보다는 굉장히 흥미로웠다. 어렸을 적, TV와 비디오로 접하던 1990년대에서 2000년대 전후의 수많은 홍콩 영화들 속 귀신들이 실제로 존재하는 것들이었다니! 이러한 흥미는 자연스럽게 중국에는 어떤 괴담들이 있는지에 대한 호기심으로 연결되었다.

본 책에서는 중국의 다양한 괴담들이 수록되어 있다. 여기에서 중국이란 중화권이라는 공통된 문화적 배경을 갖는 국가로 판단하였으며, 홍콩, 대만을 포함하였다. 중국과의 영토 분쟁 여부와는 관계없이 문화적인 범주로 분류하였다.

중국 괴담들 역시 여타 괴담들과 마찬가지로 비극적인 사건과 관련이 많았다. 마오쩌둥 시대 문화대혁명과 같은 역사적인 사건에서부터 사랑과 같은 개인적인 사건들까지 다양한 이야기들을 바탕으로 중화권 고유의 문화가 더해져 흥미로운 중국 괴담들이 꽤나 많았다. 개중에는 실제로 벌어진 사건들도 있었으며, 소문처럼 이야기로 떠도는 경우도 있었다. 특히, 독자들의 실감나는 감상을 위해 실제 장소를 기반으로 하는 괴담들을 중심으로 수집하려 노력하였으며, 가능한 경우 실제 괴담의 장소 사진도 함께 첨부하였다. 일부 괴담은 흥미를 위해 각색하였으며, 등장하는 사람들의 이름은 몇몇을 제외하고는 가명을 사용하였다. 또한, 이야기를 보다 생생하게 전하기 위해 표기법과 맞지 않더라도 실제 중국어 발음을 살려 표기하였다.

자. 그럼 15억 남짓의 인구가 사는 중국에는 어떤 무서운 이야기들이 있는지 함께 떠나보자.

강민구

목차

2장 • 도시 그리고 배회하는 망령들

3장 • 어둠 속에 서린 저주의 그림자

"당신, 분명 나를 거절한 것을
후회하게 될 거야."

낯선 존재와의 불쾌한 조우

상하이에 나타난 흡혈귀

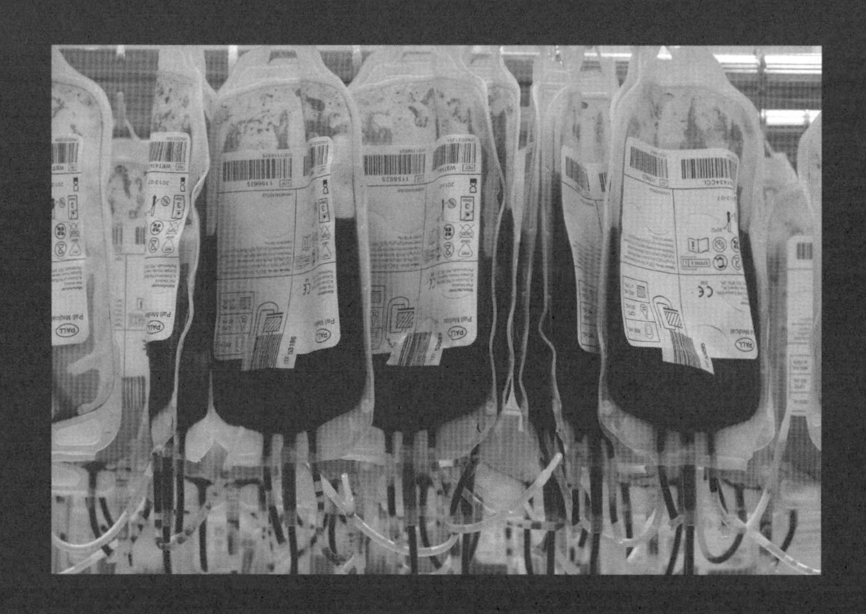

1995년 여름 어느 날, 상하이 외곽에 위치한 생물연구소에서 사고가 발생했다. 연구소에서 일하던 연구원 지아웨이(家伟)는 실수로 세균을 흡입했고, 심각한 전염병에 걸렸다.

'DAY-1. 오늘 실수로 세균을 먹게 되었다. 생각보다 몸에 큰 변화는 없다.'

전염병에 걸린 지아웨이는 별다른 신체의 변화를 느끼지 못했지만, 피에 대한 강렬한 욕망을 느꼈다.

'DAY-5. 약간의 오한이 있으나, 몸에 별다른 이상은 없는 것 같다. 하지만, 왠지 모르게 자꾸 인간의 피에 대한 생각이 머리에서 사라지지 않는다.'

지아웨이는 독일에서 생물학 박사를 취득한 인재였으며 연구소 내에서 높은 권한을 갖고 있었다. 이러한 권한을 이용해서 자신이 실수로 세균을 섭취한 사실을 그 누구에게도 말하지 않고 비밀로 간직하고 있었다.

'DAY-10. 오늘 실험실에 있는 인간의 혈액을 몰래 훔쳐 먹었다. 내가 먹었던 그 어떤 음식보다 맛있었다.'

세균에 감염된 지아웨이는 초기에는 연구소 내에서 사용되던 인간의 혈액을 먹으면서 살았지만 인간의 혈액은 금세 바닥나고 말았다. 인간을 죽이고 싶지 않았던 그는 인간 대신 쥐의 혈액을 먹기 시작했다.

'DAY-20. 더 이상 쥐의 혈액은 나를 만족시키지 못한다. 아무래도 실수를 할 것 같다.'

하지만 쥐의 혈액은 지아웨이의 인간 피에 대한 욕망을 충족시킬 수 없었다. 그는 점점 피에 대한 굶주림으로 미쳐가고 있었다.

피에 대한 욕망을 도저히 참을 수 없었던 그는 해가 진 후 길거리로 나가 으슥한 곳에 몰래 숨어 홀로 지나는 여성을 노리기 시작했다. 여성이 그의 곁을 지나면 뒤에서 다가가 기절시킨 뒤 피를 빨아 먹고 도망쳤다. 그에게 피를 빨린 여성들은 온몸이 하얗게 변한 채 차가운 시신으로 발견되었다. 처음에는 그 누구에게 들키지 않고 완전범죄를 저지를 수 있었지만, 피해자가 점점 늘어나자 관할 경찰 당국도 촉각을 곤두세우고 사건에 집중했다.

어느 날, 지아웨이는 홍커우 공원에 숨어들어 어김없이 홀로 거닐던 여성을 공격했다. 때마침 순찰을 돌던 경찰관 2명이 이를 발견하여 그를 현장에서 제압하고 체포했다. 하지만, 지아웨이의 힘은 생각보다 너무나 강하였고 경찰관 2명은 오히려 지아웨이에게 제압을 당해 그 자리에서 살해당했다. 그를 발견했을 당시 경찰관들은 즉시 지원 병력을 요청했었기에 뒤늦게 도착한 저격수에 의해 지아웨이는 그 자리에서 총을 맞고 사살됐다.

사건 이후, 경찰은 조사 중 지아웨이의 다이어리를 발

견했다. 그곳에는 지아웨이가 전염병에 걸린 이후 신체의 변화가 자세히 적혀 있었다. 마지막 메모는 다음과 같았다.

'DAY-30. 피!!!!!!! 피를 줘!!!! 역시 인간의 피가 최고 맛있단 말이야!!!!!!! 피!!!!!! 피가 필요해!!!!!!!!!'

여우 악령의 저주

1981년 어느 날, 젊은 부부였던 즈펑(智鹏)과 동메이(冬梅)는 아이가 태어난 지 한 달이 된 날을 기념하기 위한 연회를 열었다. 연회의 장소는 도심에 위치한 윈저 사회 서비스 건물(Windsor Social Services Building) 옥상의 고급 식당이었다. 행복한 시간을 보낸 부부는 아이와 함께 집으로 돌아와 편안하게 잠에 들었다. 그날 저녁, 동메이는 꿈을 꾸었다.

꿈속에서 동메이는 산길을 홀로 걷고 있었다. 그러던 중, 뒤에 무언가 기척이 느껴져서 뒤를 돌아보니 새빨간 여우가 그녀를 따라오고 있었다. 갑자기 나타난 여우를 의아하게 생각한 동메이는 여우에게 어디 가는 길이냐고 물었다. 여우는 당신을 따라서 연회를 가고 있으니 연회에 도착하면 음식을 달라고 했다. 하지만, 뭔가 꺼림칙했던 동메이는 여우에게 거절의 의사를 비쳤고, 다시는 자신을 따라오지 말라고 말했다. 이를 듣고 여우는 갑자기 자신의 모습을 흉측한 모습으로 바꿨다. 여우의 몸은 곳곳이 썩어 문드러져 있었으며, 구더기와 피가 섞여 악취를 뿜어내고 있었다. 여우는 분노를 토하며 동메이에게 말했다.

"당신, 분명 나를 거절한 것을 후회하게 될 거야. 난 어떻게 해서든 당신 아이의 생명을 빼앗아버릴 테니 각오해."

동메이는 놀라 잠에서 깼다. 뭔가 불길한 예감이 들어 황급히 아이에게 달려가 보았다. 불길한 예감은 적중했다. 바로, 동메이의 아이는 원인 모를 이유로 숨이 멎어 차가운 시신으로 변해 있었다. 즈펑과 동메이 부부는 절망하며 울부짖었다.

이들은 연회에서 꿈에서 본 여우와 관련된 것이 있었는지 알아보기 위해 연회를 열었던 윈저 사회 서비스 건물 옥상 식당을 찾았다.

연회 당시에는 눈치채지 못했지만, 식당의 벽에는 고

급스러운 장식의 여우 머리가 걸려 있었다. 그것은 실제 여우의 머리인지, 장식을 위해 만든 것인지 구분이 잘 되지 않는 묘한 느낌을 주는 장식품이었다. 부부는 식당 사장에게 여우 장식품의 출처에 대해 물었지만, 사장은 경매에서 사왔을 뿐 정확히 어떤 사연을 갖고 있는지는 모른다고 대답하였다.

아이의 목숨을 앗아간 여우 악령은 도대체 어디서 온 것일까? 아직 그 자리에 머물며, 다음 희생자가 될 영혼을 찾아다니고 있지는 않을까?

† † †

홍콩에 위치한 윈저 하우스

홍콩에 위치한 윈저 사회 서비스 건물에서 벌어진 비극은 1981년 당시 홍콩을 떠들썩하게 만들었다. 여우와 관련된 끔찍한 아이의 죽음은 금세 주변 이웃들에게 퍼져나갔고, 언론에서도 미스터리한 사건을 대서특필하였다. 사람들은 호기심에 해당 식당의 여우 장식품을 구경하러 몰려들었다. 흉흉한 소문을 확인하러 붐비는 대중 때문에 식당의 매출은 오히려 떨어졌고, 곧 문을 닫았다.

식당이 폐쇄된 이후, 어린 나이에 세상을 떠난 아이의 영혼을 위로하기 위해 그 자리에는 아동용 놀이터가 지어졌다. 하지만, 무슨 연유에서인지 놀이터는 일반인들에게 공개되지 않았다. 곧이어, 윈저 사회 서비스 건물 자체도 폐쇄된 후 철거되었다. 현재 그 자리에는 옛 이름을 따 윈저 하우스라는(Windsor House)라는 새로운 건물이 들어섰다.

고양이 얼굴을 한 노파

1995년, 중국 북동부 헤이룽장성의 작은 산골 마을에 싸움이 났다. 이 싸움은 하오란(浩然)이라는 남성의 가족 내에 발생했다. 바로, 하오란 부부가 하오란의 엄마와 사소한 언쟁을 벌이다가 싸움으로 번지게 된 것이었다. 싸움으로 인해 하오란의 엄마는 아들 부부에게 존중받고 있지 않다고 생각했다. 그녀는 극도로 분노한 끝에 결국 스스로 목을 매달고 자살했다.

목을 매달고 죽은 늙은 여인의 시신은 흉측하기 짝이 없었다. 그녀의 혀는 배꼽까지 늘어져 있었으며, 두 눈은 생전에 느꼈던 분노로 붉게 충혈되어 감기지 않은 채 허공을 응시하고 있었다. 해당 마을의 풍습에 따르면, 살아생전 분노로 인해 죽게 된 사람은 가까운 친·인척에 의해 관이 땅에 묻히기 전까지 극진하게 보살핌을 받아야 했다.

하지만 하오란 부부는 죽은 엄마에게 죄책감을 느끼기는커녕 오히려 자신들을 모욕했던 그녀의 죽음을 당연하게 받아들였다. 따라서 관에 엄마의 시신을 묻기 전 극진하게 보살피는 대신 시신을 집에 방치해놓았다.

어느 날, 하오란 부부가 잠에 들었을 때, 의문의 검은 고양이 한 마리가 죽은 엄마의 시신 위로 올라갔다. 다음 날 잠에서 깬 하오란 부부는 검은 고양이가 시신 위에 올라가 있는 모습을 보았다. 방치해둔 시신에 뭐가 올라간들 신경이 쓰였겠는가? 고양이는 시신 위에서 한동안 자리를 떠나지 않았고, 며칠을 앉아 있다가 원인 모를 죽음을 맞이했다. 하오란 부부는 시신 위에서 죽은 검은 고양이조차 치우지 않고 방치했다.

며칠 뒤 부부는 방치했던 엄마의 시신을 땅에 묻었다. 부부는 마치 썩은 이빨을 빼낸 듯 후련한 마음에 자신들만의 저녁 잔치를 가진 뒤, 잠을 청했다.

그날 밤, 갑자기 밖에서 고양이가 사납게 우는 소리가 들렸다. 잠에서 깬 하오란은 그냥 집 주변을 지나던 고양이 중 한 마리일 것으로 생각했다. 하지만 워낙 사납게 울어대는 턱에 잠을 이룰 수 없었고, 문을 열어 밖을 보았다.

'끼익'

문을 여는 순간, 하오란은 혼비백산하여 그 자리에서 정신을 잃었다. 바로, 죽은 자신의 엄마가 고양이와 기괴하게 섞인 얼굴을 하고 마당 한가운데 웅크린 채 고양이 소리를 내고 있던 것이었다. 엄마의 눈은 목을 매 죽었을 때처럼 시뻘겋게 충혈되어 있었고, 온몸에는 막 땅에서 나온 듯 흙이 묻어 있었다. 무엇보다 엄마가 내던 고양이 소리는 세상 그 어떤 것보다 소름끼쳤다.

'야옹, 야옹, 야옹.'

하오란의 엄마는 곧장 열린 문으로 들어가 하오란 부부를 고양이가 발톱으로 들짐승을 할퀴듯 갈기갈기 찢어 죽였다. 부부를 죽인 뒤, 하오란의 엄마는 흔적도 없이 사라졌다.

이후 마을에는 고양이 얼굴을 한 노파가 밤길을 혼자 다니는 어린아이를 사냥하여 먹는다는 흉흉한 소문만이 돌게 되었다. 특이한 점은 노파에게 죽임을 당한 사람의 배는 죽은 쥐로 가득 차 있었다는 것이었다.

고양이 얼굴을 한 노파가 하오란의 엄마인지는 확실치 않다. 하지만, 확실한 것은 하오란의 엄마가 실종된 이후 고양이 얼굴을 한 노파에 대한 목격담이 떠돌기 시작했다는 것이다. 마을을 돌아다니며 풀리지 않는 분노를 아이들에게 해코지하는 것으로 풀고 있는 노파의 모습과 하오란의 엄마가 겹쳐 보이는 건 왜일까.

† † †

중국에는 한 가지 금기시되는 행위가 있다. 바로 시체 옆에 검은 고양이가 가까이 접근하지 않도록 하는 것. 만약, 검은 고양이가 시체나 시신이 들어 있는 관 옆으로 다가가면 알 수 없는 이유로 인해 시체가 살아 돌아온다는 미신이 있기 때문이다.

한때, 헤이룽장성 하얼빈 지역에서는 학생들에게 고양이 얼굴을 한 노파에게 납치되지 않으려면 밤에 돌아다니지 말라는 경고를 하기도 했다. 혹자는, 고양이 얼굴을 한 노파는 실존한다기보다는 아동을 대상으로 한 납치와 인신매매 등의 범죄를 상징적으로 나타낸 대상이라고 말했다.

어찌 되었든 고양이 얼굴을 한 노파를 마주치지 않도록 헤이룽장성에서는 늦은 밤 홀로 길을 다니지 않는 편이 좋을 것이다.

영안실에 갇힌 신입생

1980년대, 홍콩 의과대학에는 무시무시한 신입생 신고식이 있었다. 신입생이 입학하면 선배들은 야간 실습이라고 속인 뒤 신입생을 한밤중 영안실에 가둬두고 하룻밤을 보내게끔 했다.

그날도, 학과의 전통에 따라 선배들은 신입생 준지에(俊杰)를 영안실에 가둘 궁리를 하고 있었다.

"준지에. 너 오늘 밤에 뭐하니?"

"오늘 밤이요? 특별한 계획 없습니다."

"그러면, 오늘 밤 신입생 대상으로 하는 야간 해부 실습 수업이 있으니까 들으러 올래? 이 수업 들으면 너 학점 잘 받을 수 있어서 몰래 말해주는 거야."

"와 정말요? 알겠습니다."

"그래. 그럼 오늘 밤 11시에 영안실로 와."

선배들은 의도도 모른 채 기뻐하는 신입생 준지에를 골탕 먹일 생각에 즐거웠다.

그날 밤, 준지에는 선배들이 모이라고 한 영안실에 도착했다. 준지에 앞에는 흰 가운이 덮인 시체만이 덩그러니 놓여 있을 뿐 아무도 없었다. 준지에는 자신 앞에 놓인 시체를 보고 당장 밖으로 뛰쳐나가고 싶었지만, 높은 학점을 받을 수 있다는 선배들의 말을 믿고 기다리고 있었다. 30분쯤 지났을까? 갑자기 영안실의 문이 큰 소리를 내며 닫혔다.

'끼이익 쾅!'

준지에는 너무나 놀라 문을 두드리며 소리쳤다.

"저기요!! 누구 없어요? 저 좀 꺼내주세요! 안에 사람 있어요!"

"하하하. 준지에. 우리 의과대학에 제대로 적응하려면 시체와 하룻밤을 꼭 지내야 한단다! 시체와 하룻밤도 못

지내는 사람이 의사가 될 수는 없지! 건투를 빈다!"

"안 돼요!! 열어주세요!! 너무 무서워요!"

"하하하하. 내일 보자!"

준지에는 자신이 선배들에게 속았다는 사실을 알게 되었다. 하지만, 분노보다는 자신을 압도하는 공포에 미칠 지경이었다. 그와 동시에 선배들은 겁에 질린 준지에의 비명에 웃으며, 각자의 집으로 돌아갔다.

다음 날, 선배들은 준지에가 하룻밤을 잘 보냈는지 궁금했다. 준지에가 갇혀 있는 영안실을 열어보기 위해 문 앞으로 모였다.

"바닥에 오줌을 지렸으려나?! 어디 좋은 구경 한번 해볼까?"

'끼이익'

곧이어 문이 열리자, 웃음을 짓던 선배들의 얼굴은 모

두 일그러졌다. 선배들이 처음 본 것은 준지에의 뒷모습이었다. 준지에는 중앙에 놓여 있던 흰 헝겊에 덮인 시체 앞에서 무언가를 먹으며 서 있었다.

"저…저기…? 준지에…? 너 괜찮아…?"

준지에는 선배들의 부름에 아무런 대답을 하지 않았다. 선배들은 서로 눈치를 보더니 준지에에게 다가가 어깨를 가볍게 쳤다. 준지에는 이내 하던 행동을 멈추고 천천히 뒤돌아 선배들을 바라보았다.

준지에의 입과 손에는 사람의 것으로 보이는 내장의 파편들이 덕지덕지 붙어 있었다. 온몸은 피투성이가 되어 있었고, 몸 이곳저곳에는 마치 들짐승에게 물린 듯한 상처들이 나 있었다.

선배들 중 일부는 이 광경을 목격하고 혼절하였고, 나머지는 도망쳐 바로 경찰과 구급대에 신고하였다. 현장에 도착한 경찰과 구급대원은 준지에를 바로 병원으로 싣고 갔고, 앰뷸런스에 실린 준지에는 한참을 정신을 잃고 누워 있었다. 병원에서 깨어난 준지에는 지난밤에 있던 일을 전혀 기억하지 못했다.

그 이후, 학교에서 신입생을 영안실에 가두는 악습은 없어졌다.

준지에는 극한의 공포를 이겨내지 못하고 정신이상 증세를 겪었던 걸까? 아니면, 악습을 끊기 위해 시체의 내장을 파먹으면서 정신이상자 행세를 했던 걸까? 준지에는 사실을 알고 있을지도 모르겠다.

치우 맨션의

죽은 동물의 망령들

치우 신샨(Qiu Xinshan)과 치우 웨이칭(Qiu Weiqing) 형제는 중국 황하의 동쪽에 있는 산둥성 출신으로, 웨이샹(Weishang)이라는 호수 근처의 어촌에서 자랐다. 1900년대 초, 치우 형제는 경제적으로 급격한 발전을 하고 있었던 상하이에서 거부의 꿈을 품고 열심히 일을 하고 있었다.

당시, 제1차 세계대전이 발발하면서 독일은 더 이상 중국과 무역을 할 수 없게 되었고, 이 기회를 노려 형제는 독일이 독점하던 페인트 사업을 인수했다. 형제는 페인트를 팔아 큰 재산을 쌓기 시작했다. 생각보다 엄청난 부를 쌓게 된 형제는 축적한 재산으로 1920년 전후, 그들의 성을 딴 치우 맨션(Qiu Mansion)이라는 건물을 지었다. 이후에도 형제는 호화로운 생활을 이어갔으며, 치우 맨션에는 호랑이, 공작새, 악어 등을 포함한 수많은 이색적인 애완동물들이 돌아다닐 정도였다.

치우 형제의 사업이 절정에 달했을 때, 중국 내 정치 상황은 혼란스러워졌다. 이는 상하이의 경제 상황에도 영향을 미쳤고, 치우 형제의 페인트 사업 또한 심각한 타격을 입었다. 엄청난 규모를 자랑했던 치우 형제의 페인트 사업도 매출이 급격하게 줄어 결국, 경영난으로 이어졌다. 이로 인해, 부의 상징이었던 치우 맨션의 이색 애완동물들도 하나둘씩 사라지게 되었다. 팔리지 못한 애완동물들은 먹이를 먹지 못해 굶어 죽거나, 관리를 받지 못해 질병으로 서서히 목숨을 잃었다. 호화스러웠던 치우 맨션은 죽어가는 동물의 사체들과 관리받지 못한 정원으로 엉망이 되어가고 있었다. 결국, 치우 맨션 내 동물들은 모두 죽었다.

그 이후, 맨션 주변을 지나다니는 사람들은 괴이한 형상의 짐승들을 목격했다. 목격담에 따르면, 사람들이 본 짐승들은 악어와 사슴이 결합되었다거나, 호랑이와 공작새가 결합되었다는 등 기괴한 모양이었다고. 또한 목격자들은 멀리서 호랑이가 고통 속에 절규하거나, 원숭이가 울부짖는 등 기괴한 울음소리를 듣기도 하며, 주변을 지나다 보면 무언가가 자신을 따라오는 듯한 느낌을 자주 받는다고 했다. 몇몇 사람들은 악어나 호랑이와 같은 맹수가 갑자기 나타나 자신을 향해 달려드는데 놀라 쓰러진 후 주변을 살펴보면 아무도 없었다고 한다. 더더욱 이상한 것은, 물리적으로 자신을 공격한 대상이 없는데도 불구하고 간혹 맨션을 지난 사람들 중 몸에 동물이 문 듯한 상처가 생겨 병원을 찾는 경우도 있었다.

† † †

치우 맨션의 현재 모습

치우 맨션은 중국 상하이에 위치한 역사적인 건물이며, 서양식과 중국식 건축양식이 혼합되어 훌륭한 외형을 갖는다. 치우 맨션은 1900년대 초반, 중국이 무서운 속도로 발전하던 시기에 중국 전역에 있는 사람들이 돈을 벌기 위해 상하이로 몰려들던 때에 지어졌다. 맨션 이름이 치우 맨션인 것은 바로 치우 형제에 의해 건축되었기 때문이다.

하지만, 이 치우 맨션은 특이하게도 동물 귀신이 출몰하는 장소로 유명해졌다. 흉흉한 소문이 돌자, 치우 형제는 건물의 일부를 개조하여 제2차 세계대전 이후 2002년까지 중학교로 사용할 수 있도록 임대를 했다. 이후, 2019년 역사적인 건물로 다시 개방하였다. 하지만, 여전히 치우 맨션 주변을 지나는 사람들은 기괴한 모양의 짐승들을 목격한다고 전해진다.

청두에 나타난 살인 괴물

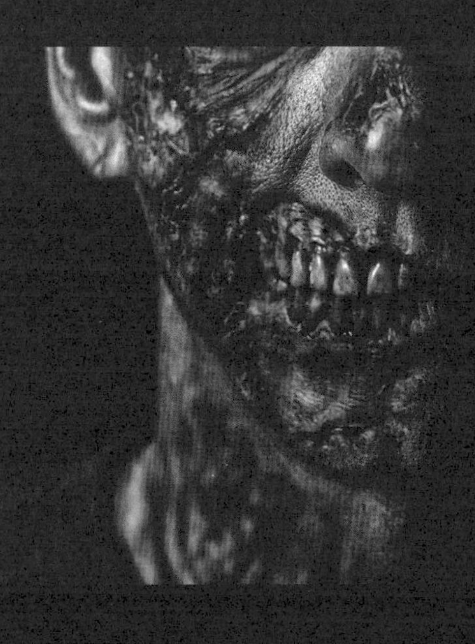

중국 쓰촨성 청두 지역에는 삼국지의 제갈량과 유비를 모신 무후사(武侯祠)라는 사당이 있다. 1995년, 중국의 고고학 연구팀은 무후사에서 유적 발굴 작업을 하고 있었다. 작업을 하던 중, 땅에서 무언가가 발견되었고, 그것은 바로 3구의 고대 미라였다. 연구팀은 오래전 사망했음에도 보관 상태가 좋았던 미라를 연구 가치가 있다고 판단했다. 따라서, 심화 연구를 진행하기 위해 추가 장비를 가져오기로 결정했다.

다음 날, 연구팀은 미라가 있던 장소로 장비를 가져왔지만, 3구의 미라들은 사라져 있었다. 당시 연구팀은 갑작스럽게 사라진 미라로 당황했지만, 허술했던 보안 관리로 도굴꾼들이 훔쳐갔을 것이라 짐작했다. 이에 연구팀은 관할 행정 당국에 미라를 되찾을 수 있도록 협조를 요청했다. 한동안 지역 당국은 미라를 찾아 헤매었지만, 도저히 찾을 수 없었다.

며칠 뒤 청두의 다른 지역에서 5구의 미라가 발견되었다. 신기하게도 5구의 미라 중에는 며칠 전 무후사에서 사라졌던 3구의 미라도 포함되어 있었다. 행정 당국은 연구팀에게 이를 알리고, 5구의 미라를 무사히 전달하기 위해 주변을 차단하고 직원들로 하여금 감시토록 했다.

그날 밤이었다.

"으악! 저게 뭐야!"

새벽 1시가 지날 무렵, 미라를 지키던 한 직원은 눈앞에서 벌어지는 광경에 경악을 금치 못했다. 자리에 누워 있던 5구의 미라들이 천천히 움직이기 시작했다. 곧이어, 미라들은 빠른 움직임으로 주변에 보초를 서던 직원들에게 접근하여 날카로운 이빨로 물어뜯기 시작했다. 그들은 마치 본능에 의한 듯 사람들의 머리만을 물어뜯었다. 장소를 지키던 직원들은 혼비백산하며 달아났지만, 미라들의 움직임이 워낙 빨라 사냥당하듯 도륙되었다.

이를 멀리서 목격하던 직원들은 재빨리 인근 군대에 연락을 취했다. 인근 군부대에서는 화염방사기를 가져와 5구의 미라를 그 자리에서 모두 불태워 제압했다.

† † †

청두의 농부 무천(沐宸)은 길거리를 지나다가 광견병에 감염된 들개에게 물렸다. 집으로 돌아간 무천은 시름시름 앓기 시작하더니, 이내 정신착란 증세를 보였다. 무천은 이리저리 뛰어다니며 고성을 질렀고, 가족들은 사고라도 당할까 봐 방 안에 무천을 가두었다. 조용해지는 듯했으나, 잠시 뒤 무천은 엄청난 힘으로 문을 부수고 밖으로 뛰쳐나갔다. 두 눈은 붉게 충혈되었고, 입에서는 침이 질질 흘러나왔다.

무천은 밖으로 나오자마자 돼지우리로 달려가 자신이 키우던 돼지들을 이빨로 물어뜯기 시작했다. 가족들은 너무나 두려워 마을사람들에게 도움을 청하기 위해 이웃집으로 달려갔다. 이후, 이웃들과 함께 집에 도착한 무천의 가족은 돼지우리에서 피투성이가 된 채 사망해 있는 무천을 발견했다. 가족들은 무천의 시신을 보고 절규했다.

더욱 기괴했던 것은 무천과 죽은 돼지들을 본 마을 사람들은 죽은 돼지가 아깝다며, 돼지들을 가져가 요리를 해 먹었다는 것이다. 며칠 뒤 돼지고기를 먹은 마을 사람들 모두 무천과 동일한 증세를 보이며 원인 모를 고통에 몸부림치며 이리저리 뛰어다녔다. 그리곤, 주변 사람뿐만 아니라 가축이나 새와 같이 눈앞에 보이는 살아 있는 생물체들을 모조리 이빨로 물어뜯다가 사망했다.

혹자들은 청두에서 발생한 두 사건은 광견병과 깊은 관련이 있을 것이라 추정했다. 하지만, 아직까지 벌어진 사건들에 대한 정확한 이유는 밝혀지지 않았다.

13번째 군인의 목소리

이 일은 대민에 사는 70대 노인 티엔쿠오(天闊) 씨가 겪은 일이다.

티엔쿠오는 1960년대에 군 생활을 했다. 어느 날, 티엔쿠오는 어둠 속에서 다른 기지로 빠른 시간 안에 이동하는 야간 행군에 참여했다. 당시 티엔쿠오가 속해 있던 소대는 소대장 1명과 티엔쿠오를 포함한 12명의 소대원, 총 13명으로 구성되었다. 소대는 대만 중부 산악 지대의 난터우(南投)현에 주둔하고 있었다. 해당 지역은 주변이 숲으로 둘러싸인 지역이었으며, 얼마나 지역이 험했던지, 길을 잃거나 절벽에서 떨어지는 등 각종 사고가 자주 발생했다.

티엔쿠오의 소대는 중앙 사령부로부터 하루 안에 숲을 가로질러 20㎞를 이동하라는 명령을 받았다. 그날은 유난히 안개가 짙게 끼어 시야가 잘 확보되지 않았다. 따라서, 티엔쿠오의 소대원들은 모두 각자의 개인 손전등을 소지한 채 이동하고 있었다. 4시간 정도 지났을까. 소대는 목표 지점까지 절반 정도 남은 지역에 도달했다. 소대원들은 험난한 야간 행군으로 인해 기진맥진해 있었다. 티엔쿠오도 역시 소대원들과 함께 휴식을 취했다. 그러던 중, 티엔쿠오는 문득 자신들이 공동묘지 한가운데에 멈춰 섰다는 사실을 알게 된다. 공동묘지에서 휴식을 취한다는 것이 꺼림칙했던 티엔쿠오는 이를 소대장에게 보고했다.

"저기… 소대장님. 할 말이 있습니다."

"뭔가?"

"저희가 도착한 이곳은 공동묘지인 것 같습니다. 혹시 조금 더 이동하여 다른 곳에서 쉬는 것은 어떻겠습니까?"

"하하. 그래서 무섭나? 군인은 묘지 따위는 무서워해서는 안 되네. 귀신이 나오더라도 무서워하면 군인이 아니지. 자네도 신경 쓰지 말고 쉬게나."

소대장은 티엔쿠오의 말을 대수롭지 않게 여겼다. 티

엔쿠오 역시 힘든 행군으로 인해 지쳐 스스로도 괜한 것에 신경을 지나치게 쓰고 있다고 생각했다. 얼마 동안의 휴식이 끝난 뒤, 소대장은 소대원들을 불러 모아 인원 점검을 했다.

"자. 출발하기 전에 인원을 확인하겠다. 앞에서부터 자신의 순서가 오면 번호를 외치도록! 실시!"

"하나, 둘, 셋, 넷, 다섯, 여섯, 일곱, 여덟, 아홉, 열, 열하나, 열둘, 열셋 번호 끝!"

"에? 우리 소대원들이 총 13명이었나? 소대원 12명에 나까지 총 13명인데 왜 한 명이 더 있지? 다시 해보게."

"하나, 둘, 셋, 넷, 다섯, 여섯, 일곱, 여덟, 아홉, 열, 열하나, 열둘, 열셋 번호 끝!"

"어허! 정신 안 차리나! 지금 조금 힘들다고 벌써 군기가 빠졌나! 모두 엎드려뻗쳐! 팔굽혀펴기 20개를 한다! 실시!"

"실시!"

소대장은 12명의 소대원 인원 파악을 위해 각자의 번

호를 말하도록 했지만, 13번째에서 번호가 마무리 되는 것을 보고 소대원들의 군기가 해이해졌다고 생각했다. 소대장은 소대원들이 정신을 차리도록 계속해서 팔굽혀 펴기를 시켰다.

"하나, 둘, 셋, 넷, 다섯, 여섯, 일곱, 여덟, 아홉, 열, 열하나, 열둘, 열셋 번호 끝!"

"너네들 지금 나랑 해보자는 거지? 그래 좋아. 다시 팔굽혀펴기 20개 실시!"

계속해서 벌칙을 내리는데도 소대원들의 번호가 13번째에서 끝나는 것을 이상하게 생각한 소대장은 맨 뒤로 가서 다시 번호를 외치도록 했다.

"하나, 둘, 셋, 넷, 다섯, 여섯, 일곱, 여덟, 아홉, 열, 열하나, 열둘, 열셋 번호 끝!"

이번에도 역시 숫자는 13번째에서 끝났다. 소대장과

소대원들은 점점 무서워지기 시작했다. 장난을 쳐도 이렇게까지 장난을 칠 이유도 없을뿐더러, 모두가 대답하고 있는 것을 소대장이 돌아다니면서 일일이 확인을 했기 때문이다.

그러던 중, 소대장은 문득 티엔쿠오가 말했던 말이 떠올랐다.

'설마 정말 공동묘지에서 귀신이라도 나타나 장난을 치는 것인가?'

문득 소대장은 자신과 소대원들이 함께 공동묘지 한가운데에서 인원 점검을 하고 있음을 깨달았고, 소름이 돋기 시작했다. 소대장은 이내 인원 확인을 멈추고 서둘러 공동묘지 지역을 벗어났다. 1시간 정도 소대장과 소대원들은 아무런 대화도 없이 도망치듯 야간 행군을 이어갔다. 얼마 후, 소대장은 잠시 멈춰 주변을 둘러본 뒤, 평범한 숲임을 확인했다. 그러고는 다시 소대원들을 불러 모아 인원을 확인했다.

"자. 다시 앞에서 번호 시작해본다. 실시!"

"하나, 둘, 셋, 넷, 다섯, 여섯, 일곱, 여덟, 아홉, 열, 열한, 열둘 번호 끝!"

소대장과 소대원들은 안도감이 들면서도 묘하게 밀려오는 공포감을 외면할 수 없었다.

누가 있었길래 번호가 열셋까지 갔던 것일까. 귀신이라도 나타났던 것일까. 소대장과 티엔쿠오를 비롯한 소대원들은 그날 무사히 야간 행군을 끝낼 수 있었지만, 아직까지도 소대원들 사이에 껴서 함께 번호를 외치던 사람이 누구였는지 알 수 없었으며, 알려고 하지도 않았다. 사람이 아니었을 수도 있었기에.

머리를 땋은 여자

홍콩 중문대학교에는 밤이 되면 예쁜 뒤태를 가진 머리를 땋은 여자가 학교 주변을 조깅한다는 소문이 남학생들 사이에서 퍼졌다.

"야. 너 그 여자 소문 들었지? 한밤중에 조깅한다는 몸매 끝내주는 머리 땋은 여자 말이야."

"들었지. 근데 그 여자 뒤태는 봤어도 얼굴 본 사람은 한 명도 없대."

"그래? 그럼 한 번 같이 보러 갈까?"

"그럴까?"

남학생 르어양(乐洋)과 동양(东阳)은 한밤중에 조깅하는 소문 속 여자의 얼굴을 확인하기 위해 여자가 목격된다는 장소로 나갔다. 1시간을 기다렸을까. 아무도 오지 않자, 르어양과 동양은 집으로 돌아가려 했다. 하지만, 그 순간 저 멀리서 한 여자가 뛰어가고 있는 것을 보았다.

"오? 저 사람 아니야?"

"맞는 것 같은데?"

르어양과 동양은 여자를 따라 뛰었고, 여자의 흔들리는 땋은 머리를 뒤에서 볼 수 있었다. 르어양과 동양은 그 여자가 소문 속 여자임을 확신했다. 그리곤, 여자의 앞모습을 보기 위해 속도를 내어 달리기 시작했다. 둘은 곧이어 여자를 따라잡을 수 있었다. 둘이 동시에 여자를 쳐다보면 이상하다고 생각할 수 있으니, 여자 쪽에 가까운 동양이 얼굴을 보기로 했다. 르어양과 동양은 여자와 속도를 맞추어 달렸고, 동양은 고개를 살짝 돌려 여자의 얼굴을 확인했다. 과연, 소문대로 그녀는 정말 미인이었을까?

"으악!!!!!"

동양은 소리를 지르며 그 자리에 바로 쓰러져버렸다.

그 모습에 덩달아 놀란 르어양도 황급히 멈추었다. 여자는 르어양과 동양을 의식하지 않고 계속해서 해서 앞으로 뛰어가더니 이내 모습을 감췄다.

"야, 왜 그래?! 그렇게나 예쁜 거야?"

"……."

"뭐 얼마나 예뻤길래 말을 못 하냐?"

"그… 그… 게 아니야…."

"뭐?"

"그… 여자… 얼굴이 없어…."

"얼굴이 없다니 그게 무슨 말이야?"

"앞모습도 뒷모습처럼 똑같이 땋은 머리가 달려 있었다고! 얼굴 대신에!!!!!"

† † †

소문에 따르면, 조깅을 하던 여자는 살아생전 자신의 남자 친구와 함께 중국 본토에서 불법적인 루트를 통해 홍콩으로 국경을 넘었다. 홍콩으로 넘어오면서 그들이 탑승한 열차는 공교롭게도 홍콩 주룽반도의 한 검문소에 접근했다. 검문소에서 자신들이 불법적인 루트로 건너온 것이 탄로가 날까 두려워 두 남녀는 달리는 열차에서 뛰어내리기로 결정했다.

남자 친구는 먼저 무사히 뛰어내렸고, 여자가 뛰어내리려 하는 순간, 여자의 길게 땋은 머리가 열차의 한 부분에 걸렸다. 이를 느끼지 못했던 여자는 그대로 뛰어내렸고, 땋은 머리와 연결된 얼굴과 머리 가죽은 찢어져버렸다. 여자는 얼굴과 머리 가죽이 벗겨진 채 그 자리에서 즉사했다.

여자가 즉사했던 장소가 바로 홍콩 중문대학교의 옆길이었고, 이후 무슨 연유인지는 모르지만 남자들에게만 죽었을 당시의 모습으로 목격되었다. 죽은 여자의 혼령이 살아생전 함께하지 못했던 남자 친구를 찾아다니는 것은 아닐까.

약속을 하지 않는 소녀

중국에 사는 대학생 밍타오(明涛)는 매일 수업을 듣기 위해 놀이터 근처 길을 지나가야 했다. 수업이 끝나면 밤 9시 정도가 되었고, 그날도 놀이터 옆길을 통해 집으로 돌아오고 있었다. 집으로 오던 중, 놀이터에서 귀여운 소녀가 홀로 그네를 타며 놀고 있는 것을 보았다. 왠지 모르게 쓸쓸해 보였지만, 너무 피곤했던 밍타오는 소녀를 대수롭지 않게 여겼다.

다음 날도 수업을 마치고 집으로 돌아오던 밍타오는 어제 그네를 홀로 타던 소녀를 또다시 마주쳤다. 밍타오는 밤늦게 홀로 놀고 있는 소녀에게 왠지 마음이 쓰여서 다가가 말을 걸었다.

"안녕? 너는 집에 안 돌아가니? 지금 시간이 늦었는데."

소녀는 말없이 밍타오를 올려다보았고, 옅은 미소를

지을 뿐이었다. 밍타오는 잠시 동안만이라도 소녀와 놀아주자는 마음에 함께 그네를 타기 시작했다. 1시간쯤 지났을까? 시간이 너무 늦자, 밍타오는 소녀를 집까지 데려다준다며 배웅해주려 했지만, 소녀는 혼자 갈 수 있다고 했다.

"괜찮아요. 저는 혼자 집으로 갈 수 있어요."

밍타오는 씩씩해 보이는 소녀의 대답에 알았다고 했다. 그리고는 소녀에게 다음부터는 늦은 시간에 혼자 노는 것보다는 낮에 친구들과 함께 노는 것이 좋겠다며, 자신과 약속을 하자고 새끼손가락을 내밀었다. 하지만 소녀는 갑자기 표정이 안 좋아지더니, 황급히 인사를 하고 뒤돌아 집으로 가버렸다. 밍타오는 당황했지만, 소녀가 쑥스러워서 그랬다고 생각하고 집으로 돌아갔다.

밍타오는 다음 날도 수업이 끝나고 집으로 돌아오는 길에 놀이터에서 소녀를 만났다.

"삼촌! 우리 빨리 놀아요!"

밍타오는 소녀의 제안에 못 이기는 척 함께 놀기 시작했다. 시간이 꽤 지났을 때, 진지한 목소리로 소녀에게 말했다.

"혼자 이렇게 늦게까지 노는 건 부모님한테도 걱정을 끼치는 일이야. 그리고 너도 위험해질 수 있어. 그러니까 낮에 친구들과 노는 건 어때?"

"……."

"삼촌하고 약속해줄래? 약속해주면 맛있는 간식 줄게!"

밍타오는 어제처럼 새끼손가락을 소녀에게 내밀었지만, 소녀는 역시 이를 무시한 채 가만히 앉아 있었다. 밍타오는 소녀의 안전을 위해서라도 꼭 약속을 받아내겠다는 마음에 소녀의 손을 잡았다. 밍타오는 소녀의 손을 들어 새끼손가락을 걸려고 하는 순간, 소스라치게 놀라며 뒤로 자빠졌다.

바로,

소녀의 손가락은 무언가 무거운 물체에 짓눌린 듯 으깨져 있었으며, 피가 흐르고 있었다. 곧이어, 소녀의 머리에서도 피가 흐르기 시작했다. 분명 방금 전까지는 깨끗했던 소녀의 온몸 구석구석에도 피와 흙이 잔뜩 묻어 있었다. 소녀는 으깨진 손가락을 밍타오에게 보여주며 말했다.

"삼촌. 저는 약속을 할 수 없어요. 왜냐하면 손가락이 이렇게 다 망가졌기 때문이에요."

밍타오는 피투성이가 된 소녀를 보고 공포에 떨며 집으로 도망갔다.

다음 날 밍타오는 여느 때처럼 놀이터 옆길을 통해 학교를 갔지만, 더 이상 소녀를 볼 수는 없었다. 이후 밍타오는 마을 사람들에게 한 가지 소문을 듣게 되었다. 바로, 며칠 전 동네에서 교통사고가 났는데 사고 당시 소녀가 즉사했다는 소문. 특이한 점은 죽은 소녀의 새끼손가락이 바퀴에 짓눌려 흉하게 으깨져 있었다는 것이었다. 공교롭게도 소녀가 교통사고로 죽은 날과 밍타오가 소녀를 놀이터에서 보기 시작한 날은 같은 날이었다.

이후, 더 이상 소녀는 밍타오에게 나타나지 않았다. 밍타오는 쓸쓸히 죽어간 소녀를 위로해주기 위해 소녀가 놀던 놀이터에 맛있는 초콜릿과 간식을 놓고 제사를 지내주었다.

귀압신(鬼壓身)

수험생인 무양(沐阳)은 대학에 가기 위해 밤낮으로 잠을 줄이며 공부에 매진하였다. 그날도 무양은 열심히 시험공부를 하고 있었다. 새벽 3시쯤이 되었을까. 무양은 잠시 휴식을 취하고 있었다. 그때, 방문을 두드리는 노크소리가 들렸다.

'똑똑똑'

"우리 아들 안 자니? 시간이 너무 늦었는데. 사과 좀 먹고 할래?"

엄마는 무양이 걱정되었는지, 무양의 방문을 두드리며 사과를 먹겠냐고 물었다. 무양은 걱정하는 엄마의 마음은 고마웠지만, 새벽 3시에 사과를 먹는 것은 썩 내키지 않았다.

"아니에요. 엄마. 괜찮아요. 저 그냥 조금만 더 하다가 잘게요."

무양은 엄마에게 괜찮다고 하였다. 하지만, 엄마는 강요하듯 사과를 먹으라고 계속 권하였다.

"그래도 먹으렴. 공부하는데 배가 고프잖아? 엄마 들어간다?"

무양은 사양했는데도 불구하고 굳이 사과를 들고 방으로 들어오려는 엄마가 조금은 이상했다.

'끼익'

곧이어 문이 열렸다. 하지만, 열린 문으로 들어오는 사람은 무양의 엄마가 아니었다. 온몸에 피칠갑을 하고 머리를 길게 늘어뜨린 여자가 무양에게 다가왔다. 그녀의 손에는 사과를 닮은, 그렇지만 사과는 아닌 정체불명의 붉은 물체가 들려 있었다.

그 순간, 무양은 깨달았다. 몸을 전혀 움직일 수 없었다. 자신은 이미 책상 위에서 잠들어 있던 상태였던 것이다. 꿈과 현실의 모호한 경계에 놓인 무양은 자신에게 다가오는 흉측한 몰골의 여자를 그저 지켜볼 수밖에 없었다.

"왜 내가 준비해온 사과를 안 먹는 거니? 얼마나 맛있는데. 엄마가 주는 건 그냥 받아먹는 거야. 거절하면 예의가 없는 거야."

여자는 한 손으로 정체불명의 붉은 물체를 무양의 입에 갖다 대며, 나머지 한 손으로는 무양의 몸을 짓누르기 시작했다. 무양은 숨을 쉬지 못할 정도로 엄청난 압박감을 느끼기 시작했고, 밀려오는 공포심에 그만 정신을 잃고 말았다.

다음 날, 무양은 책상 위에서 잠을 깨었고, 코피가 났던 건지 책상에 피가 흘러 굳어 있었다.

† † †

중국 전통에는 귀압신이라는 귀신이 존재한다. 단어를 해석해보면 '몸을 짓누르는 귀신'이라는 뜻이다. 사람들이 잠을 자는 사이 다가와 몸을 짓눌러 가위에 눌리게 하는 귀신이다. 귀압신에 대한 설은 많은 중국인들에게 들어볼 수 있다.

앞의 사례 이외에도 상복을 입고 찾아온 귀신, 동물과 사람이 기괴하게 섞인 모습의 귀신, 중국 전통 귀신인 강시와 닮은 듯한 귀신 등 사람마다 경험하는 귀압신의 모습은 조금씩 차이가 있다. 하지만, 공통적인 점은 귀압신이 나타나면 몸이 움직이지 않는다는 점, 잠을 청하고 있지만 정신은 온전히 깨어 있다는 점, 귀압신이 몸을 짓누르면 숨이 잘 쉬어지지 않는 압박감을 느낀다는 점이다.

귀압신을 단순히 가위눌림이라고 생각할 수 있다. 하지만, 여전히 중국 전역에서 많은 사람들은 귀압신을 만나고 있고, 귀압신과의 불쾌한 만남에 공포를 느끼고 있다는 점은 부정할 수 없다.

문 너머로 보이는 빨간 눈

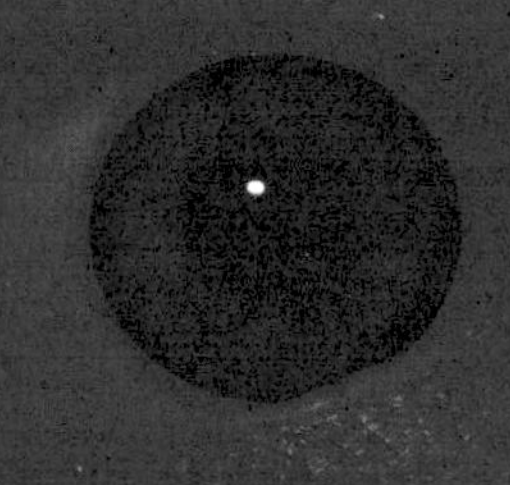

홍콩과학기술대학교에는 예쁘기로 소문난 여학생 밍주(明珠)가 있었다. 일부 남학생들은 밍주를 보기 위해 그녀가 듣고 있는 수업에 함께 들어가거나, 그녀가 사는 기숙사 앞에서 기다리는 등 여러 가지로 그녀를 괴롭게 했다. 밍주는 남학생들의 지나친 관심 때문에 지친 나머지 하루는 방문을 잠그고 외출을 하지 않았다. 그녀가 고통스러워한다는 소문이 나자 밍주의 친구들은 남학생들에게 그만 괴롭히라고 얘기했다. 이후, 한동안 남학생들의 방문이 뜸해졌다. 밍주는 더 이상 남학생들이 자신을 괴롭히지 않자 건강을 회복한 뒤 다시 정상적인 생활로 돌아올 수 있었다.

그러던 어느 날 밤, 밍주가 기숙사에 돌아왔을 때, 자신의 방문에 무엇인가 흠집이 나 있는 것 같은 느낌을 받았다. 밍주는 이상함을 느꼈지만, 대수롭지 않게 생각하고 방으로 들어가 샤워를 한 뒤 잘 준비를 했다. 그때, 방문 밖에서 인기척이 들렸다. 밍주는 문 쪽으로 향했고, 곧이어 '우당탕탕!' 뛰며, 누군가 도망가는 소리가 들렸다. 밍주는 방문을 활짝 열었지만, 아무도 없었다. 무엇인가 이상했던 밍주는 방문을 살펴보았고, 방금까지 들려왔던 소리의 정체를 알 수 있었다.

바로, 자신의 방문 밖을 볼 수 있는 도어뷰어가 반대로 달려 있었다. 누군가가 밍주가 방을 비운 사이 도어뷰어의 방향을 바꿔서 설치해놓았던 것. 밍주는 방문 밖에서 도어뷰어에 눈을 갖다 대었다. 도어뷰어 너머로 자신의 방 안이 훤히 들여다보였다. 밍주는 너무나 소름이 끼쳤고, 누군가가 자신이 방 안에서 생활하고 있던 모습을 전부 들여다봤다고 생각하니 소름이 돋고, 공포스러웠다. 밍주는 방문을 닫아버리고 울었다.

다음 날, 밍주의 방 도어뷰어를 바꿨던 남학생 이첸(奕辰)은 자신만이 밍주의 생활을 훔쳐볼 수 있다는 생각에 흥분을 감출 수 없었다. 밤이 되자 이첸은 또다시 밍주의 방 안을 들여다보기 위해 여학생 기숙사로 향했다. 이첸은 밍주의 방문 앞에 도착했고, 전날과 같이 밍주의 방 안을 들여다보기 위해 도어뷰어에 눈을 대었다. 이첸이 본 것은 다름 아닌 밍주의 눈이었다. 이첸은 흠칫 놀랐지만, 도어뷰어의 방향을 바꿔놓았기에 안심하고 계속해서 도어뷰어 너머를 보았다.

이첸이 보고 있던 밍주의 눈은 왠지 모르게 붉게 충혈된 눈이었다. 그 눈은 자신을 바라보는 듯했지만 왠지 초점이 없어 보였다. 문을 사이에 두고 밍주를 가까이에서 볼 수 있다는 생각에 이첸은 더 흥분하였다. 하지만, 이첸이 밍주의 눈동자가 어떠한 움직임도 없다는 사실을 깨닫는 데는 그렇게 긴 시간이 필요하지 않았다. 이상한 생각에 이첸은 밍주의 방문 고리를 천천히 돌렸다. 이게 웬걸? 방문 고리는 천천히 돌아갔고, 밍주의 방문은 열렸다.

'끼이익'

방문이 열리자 이첸은 그 자리에서 기절했다. 밍주는 누군가 자신을 훔쳐보았다는 사실에 절망하여 현관문에서 목을 매어 자살을 했다. 이첸이 보고 있던 것은 다름 아닌 목을 매고 죽어간 밍주의 충혈된 눈동자였다.

얼마 뒤, 스토킹 죄목으로 이첸은 경찰에 체포되었다. 어긋난 감정이 만들어낸 비극적 사건이었다.

연꽃 호수의 물귀신

홍콩 충치대학교(ChungChi College)에는 연꽃이 아름답게 핀 호수가 있었다. 아름다운 모습 때문에, 젊은 연인들이 자주 찾는 지역의 명소로 유명했다.

충치대학교를 다니던 여학생 메이리엔(美莲)은 같은 대학의 남학생 지아리(泽宏)와 연인 관계였다. 둘은 어린 나이에도 결혼을 약속할 만큼 서로를 사랑했다. 어느 여름날, 메이리엔은 지아리와 함께 호수의 활짝 핀 연꽃들을 구경하기 위해 데이트 약속을 잡았다. 메이리엔은 시간에 맞춰 호수에 도착하여 지아리를 기다리고 있었다. 하지만, 아무리 기다려도 지아리는 오지 않았다. 전화를 해도 받지 않았다. 1시간가량을 기다린 뒤, 메이리엔은 지아리에게 무슨 일이 생긴 건 아닌지 걱정되는 마음에 지아리가 사는 기숙사로 향했다.

기숙사로 향하는 길에서 메이리엔은 지아리를 보았다. 하지만, 지아리는 태연하게 웃는 얼굴로 다른 여학생과 함께 벤치에 앉아 수다를 떨고 있었다. 곧이어 지아리와 여학생은 벤치에서 일어나더니 마치 연인 사이인 것처럼 손을 잡고, 연꽃 호수 반대 방향으로 걸어갔다. 메이리엔은 지아리가 다른 여자와 있는 모습을 보며 전화를 걸었지만, 지아리는 휴대폰을 보더니 무시한 채 계속 걸어갔다.

메이리엔은 둔기로 머리를 한 대 얻어맞은 기분이었다. 하지만, 메이리엔은 지아리에게도 그럴 만한 사정이 있었을 것이라 스스로 위로하며 집으로 돌아갔다. 시간이 꽤 지난 후, 지아리로부터 전화가 왔다.

"메이리엔 미안해. 오늘 갑자기 엄마가 쓰러지시는 바람에 연락도 못 했어. 우리 엄마 평소에 건강 안 좋았던 거 알지? 진짜 미안해."

지아리는 엄마가 아파서 연락할 겨를이 없었다고 이야기했다. 메이리엔은 분노와 당혹감을 겨우 숨긴 채, 지아리에게 쉬라는 말을 한 뒤 전화를 끊었다. 메이리엔은 배신감에 눈물이 왈칵 났다. 얼마 전부터 지아리가 감정적으로 멀어진 듯한 느낌을 받았지만, 실제로 다른 여자를 만나고 있을 줄은 꿈에도 몰랐다. 배신감은 분노로 변했고, 메이리엔은 분노를 참지 못해 약속 장소였던 연꽃 호수로 가 물속으로 뛰어들어 자살했다.

메이리엔이 자살한 후, 연꽃 호수 주변에는 한 가지 이상한 소문이 돌았다. 한밤중, 연꽃 호수 근처를 남자 혼자 거닐게 되면 어디선가 여자의 목소리가 들려온다고 했다.

"혼자 왔네? 나를 보러 왔어?"

이에 무의식적으로 어떤 대답이라도 하면, 연꽃 사이에서 심하게 부패된 모습을 한 물귀신이 나타나 남자를 호수로 끌고 들어간다는 것이었다. 소문이 퍼지기 시작한 후, 원인 불명 남성 익사체 3구가 연꽃 호수에서 발견이 되어 더욱 사람들을 공포에 떨게 했다.

소문을 들은 지아리는 직감적으로 소문 속 여자가 메이리엔임을 깨달았다. 지아리는 자살한 메이리엔에 대한 죄책감 때문에 모든 여자관계를 정리하고 그녀를 만나기 위해 연꽃 호수로 향했다. 지아리가 어둑어둑한 연꽃 호수 주변을 걷던 중, 소문처럼 한 여자의 목소리가 들려오기 시작했다.

"혼자 왔네? 나를 보러 왔어?"

지아리는 들려오는 목소리가 메이리엔임을 바로 알 수 있었다. 그리곤, 그 자리에 주저앉아 울부짖었다.

"미안해. 정말 미안해. 잠깐 내가 미쳤었나 봐. 다 내 잘못이야."

지아리가 연꽃 호수 주변에서 울부짖자, 연꽃 사이에서 심하게 부패된 메이리엔이 서서히 모습을 드러냈다. 이내 메이리엔은 지아리 앞에 섰다.

"나를 데려가. 더 이상 죄 없는 다른 남자들을 데려가지 말아줘."

메이리엔은 울부짖는 지아리 앞에 한동안 서 있다가 이내 말하였다.

"한참 기다렸어. 이제 활짝 핀 연꽃을 보러 같이 갈까?"

지아리는 메이리엔과 함께 연꽃 호수 속으로 사라졌다. 그 이후로 연꽃 호수 주변에서 여자의 목소리를 들었다는 소문도 함께 사라졌다.

화피귀(画皮鬼)

중국 산시성 시골 마을 타이위안(Taiyuan)에 왕셩(Wang Sheng)이라는 농부가 살았다. 왕셩은 부유하진 않았지만 부인과 함께 나름 행복한 삶을 살고 있었다. 어느 날 아침, 왕셩은 일찍 잠에서 깨어 산책 겸 밖으로 나갔다. 산책을 하던 중, 시골길을 홀로 걷고 있는 아름다운 젊은 여성을 발견했다. 이른 시간에 혼자 걷고 있는 여성의 사연이 궁금하여 왕셩은 그녀에게 다가가 말을 걸었다.

"안녕하세요. 저는 이 마을에 살고 있는 왕셩이라고 하는데요. 어찌 여성 혼자 이 험한 시골길을, 그것도 이른 시간에 걷고 계십니까? 혹시 무슨 도움이라도 필요하세요?"

"네…? 아… 문제가 있긴 한데 그냥 갈길 가세요. 저를 도와주시기는 어려울 거예요."

정이 많았던 왕셩은 도움을 거절하는 여성을 그냥 보

낼 수 없었다.

“그러지 말고 말씀해보세요.”

잠시 망설이던 여성은 자신의 사연을 말했다.

“사실 저는 어렸을 때 매우 가난한 집에서 태어났어요. 부모님은 너무 가난했던 나머지 어렸던 저를 돈이 많은 노인에게 팔아버렸습니다. 지금까지 그 노인과 함께 살아왔고요. 하지만, 노인의 늙은 부인은 심하게 질투한 나머지 계속해서 저를 괴롭혀왔어요. 저는 괴롭힘을 도저히 참지 못하고 도망쳤어요.”

여성의 사연을 듣고 안타까운 마음이 들었던 왕셩은 자신의 집으로 여성을 데리고 갔다. 왕셩은 자신의 부인이 낯선 여성을 데리고 온 것을 반길 리가 없다고 생각했다. 그래서, 부인이 잘 가지 않는 창고로 쓰이던 방을 여성에게 내주었다. 하지만, 얼마 지나지 않아 왕셩의 부인은 뭔가 숨기는 듯한 왕성의 태도를 눈치챘고, 결국 왕성이 여성에게 창고 방을 내준 사실을 알게 되었다.

"당신 미쳤어? 저 여자가 도대체 누군줄 알고 집까지 데려와. 좋은 말로 할 때 빨리 내보내. 쓸데없는 동정심 갖지 말고!"

왕성은 자신에게 화를 내는 부인을 오히려 꾸짖었다. 불쌍한 사람을 돕지는 못할망정 어떻게 길에 내쫓을 수 있냐고. 결국 부인의 반대에도 불구하고 여성을 계속 창고 방에 머물게 했다. 부인과 왕성의 사이가 점점 악화되던 어느 날, 왕성은 그만 실수를 저지르게 되었다. 왕성은 창고 방에 여성을 위해 음식을 갖다주고 담소를 나누다가 그녀와 하룻밤을 보내게 된 것이다. 머리가 복잡해진 왕성은 다음 날 집을 나가 친구와 함께 식사를 하며 고민을 털어놓고 있었다. 그러던 중, 왕성과 친구의 대화를 듣던 한 도교 승려가 왕성에게 말을 걸었다.

"보아하니 낯선 여성과 하룻밤을 지냈는가 보군요."
"누군데 남의 이야기를 엿듣습니까?"
"최근에 낯선 여자를 집에 들이지 않았습니까?"

자신의 부끄러운 이야기를 승려가 듣게 된 것을 알고 왕성은 화를 내며 그를 쫓아내려 하였다.

"아니 무슨 망언을 하십니까! 가던 길 가세요!"
"당신 주변에 악마의 기운이 감돌고 있는 게 느껴지는군요. 분명 당신이 최근에 만난 사람은 사람이 아닐 것입니다. 주의하세요."
"에이. 재수 없게 말이야. 무슨 그런 소리를 합니까?"

왕셩은 속으로 너무 놀랐지만, 부인을 두고 다른 여자와 하룻밤을 보낸 자신이 부끄러워 급히 집으로 도망치듯 돌아갔다. 집으로 돌아가면서, 승려의 말이 계속 머릿속에 맴돌았다.

'그 승려의 말이 진짜가? 그래. 그렇게 예쁜 젊은 여성이 시골에 혼자 떠돌고 있다는 것부터 좀 이상하긴 했어…. 정확히 어디에서 온지도 모르겠고 말이야.'

왕셩은 혹시나 하는 마음에 여성이 머무르고 있던 창고 방을 몰래 들여다보았다. 때마침, 창고 방에는 아름다운 여성이 아닌 흉측하게 생긴 괴물이 있었다. 왕셩은 공포에 질렸다. 괴물은 온몸에 종기가 나 있었으며, 나뭇잎처럼 푸른 초록색 피부를 갖고 있었다. 이빨과 손톱은 송곳과 같이 날카로웠다. 무엇보다 소름 돋았던 점은 침대 위에 왕셩이 만난 여성의 피부가 널려 있던 것이다.

괴물은 곧이어, 침대 위에 널어놓은 사람 피부를 자신의 몸에 뒤집어썼다. 그리곤, 화장 도구를 이용해 눈과 눈썹, 입술을 정성스럽게 그리고 있었다. 그제야 왕셩이 데려왔던 아름다운 여성의 모습이 완성되었다.

왕셩은 그 광경을 목격하고 자신에게 의문의 말을 남겼던 승려를 만났던 장소로 달려갔다. 하지만, 승려는 이미 사라진 뒤였고, 승려를 찾기 위해 주변에 있던 도교 사원으로 향했다. 도교 사원에서 승려를 만날 수 있었고, 왕생은 승려에게 달려갔다.

"안녕하세요. 아까는 정말 죄송했습니다. 갑자기 길을 걷다가 이상한 소리를 저에게 하시는 줄 알고 제가 큰 실례를 범했습니다."

"괜찮습니다."

"말씀해주신 대로 제가 며칠 전에 시골길을 혼자 걷던 한 아름다운 여성을 집으로 데려왔습니다. 그 이후, 부인과 사이가 나빠지기 시작했고요. 그러던 중 실수로 그녀와 하룻밤을 보내게 되었습니다. 하지만, 아까 승려님의 말씀을 듣고 집으로 가서 보니 그녀는 사람이 아니라 흉측한 괴물이었습니다."

"드디어 실체를 보셨군요. 그 괴물은 화피귀라는 요괴입니다. 살아생전 바람을 폈던 남편에게 버림을 받고 자살한 여성이 죽어서 화피귀가 된 것이죠. 화피귀는 부인이 있는 남성을 유혹하여 자신과 하룻밤을 보내게 한 뒤, 결국 남자의 심장을 도려내어 죽여버리죠."

"너무 무섭군요. 그러면 제가 어떻게 해야 화피귀를 없애버릴 수 있을까요?"

승려는 왕성에게 부적 하나를 꺼내주며 말했다.

"아마 화피귀도 당신이 자신의 진짜 모습을 봤다는 것을 대략 짐작하였을 겁니다. 바로 오늘 화피귀가 당신을 죽이러 밤에 찾아올 거예요. 화피귀가 당신이 머무는 방에 돌아오지 못하게 이 부적을 방문 앞에 붙여놓으세요. 어떠한 경우에도 부적이 떨어지면 안 됩니다. 화피귀가 방에 들어가지 못한다면 기력이 약해져 바로 도망칠 겁니다. 하루만 버티세요."

왕성은 승려에게 감사 인사를 전하고 부적을 갖고 집으로 돌아왔다. 집으로 온 왕성은 사실대로 부인에게 그동안의 일들을 차분하게 설명했다. 부인은 왕성의 행동에 화가 났지만, 의문의 여성이 요괴라는 사실을 알고 왕성을 용서했다. 왕성 부부는 승려에게 받은 부적을 침실

문 앞에 붙여놓고 화피귀를 기다렸다.

그날 밤, 왕셩과 부인은 잠들 수 없었다. 얼마 정도 지났을까. 왕셩은 밖에서 누군가가 자신의 침실로 걸어오는 발걸음 소리를 들었다. 창문을 통해 밖을 보니, 자신이 데려온 여성이 서 있었다. 그녀는 침실로 다가오고 있었다. 하지만 문 앞에 다다랐을 때, 여성은 부적을 보고 놀라더니, 이내 분노에 가득 찬 눈빛으로 왕셩의 침실을 노려보기 시작했다. 왕셩은 눈이 마주칠까 두려워 부인과 함께 이불 속으로 들어갔다. 곧이어 여성의 발걸음 소리는 다시 멀어졌다.

왕셩은 멀어진 발걸음 소리에 안심하고 밖을 내다보기 위해 문을 살짝 열었다. 그 순간, 어디선가 불어온 바람으로 인해 방문 앞에 있던 부적이 날아가버렸다. 왕셩이 날아가는 부적을 주으러 다가가는 순간 화피귀는 여성의 피부를 벗어던지고 왕셩에게 뛰어들었다.

"당신처럼 부인이 있는데 다른 여자와 하룻밤을 보내는 남자는 죽어도 싸. 너는 내가 직접 죽여주지."

화피귀는 날카로운 손톱으로 왕성의 온몸을 찢어놓았다. 곧이어, 과다 출혈로 쓰러져 버린 왕성의 배를 갈라 심장을 꺼내어 먹었다. 이 광경을 본 왕성의 부인은 졸도하였고, 화피귀는 왕성의 시체를 남겨놓은 채 흔적도 없이 사라졌다.

의문의 소용돌이

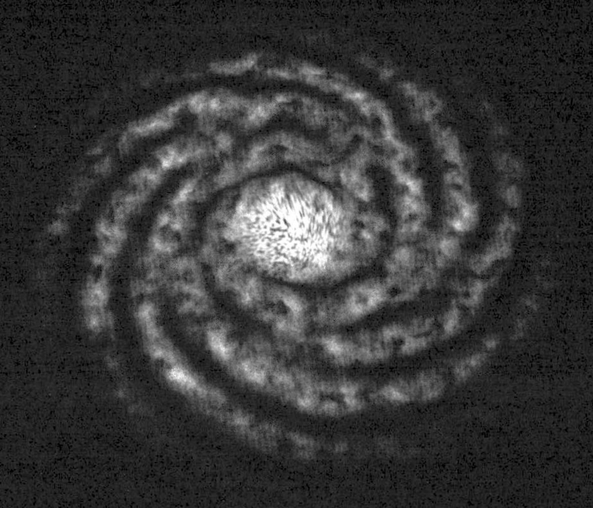

"저게 뭐지? 차원의 문인가?"

1981년 7월 24일, 중국 쓰촨성과 윈난성에는 사람들이 모여 웅성대고 있었다. 하늘에는 괴이한 모양의 거대한 소용돌이가 떠 있었다.

그날 오후 10시 38분쯤 하늘에는 별과 같은 점이 나타나 둔탁한 소리를 내며 진동하기 시작했다. 사람들은 소리를 듣고 하늘을 보기 위해 몰려들었다. 이내, 하늘에 나타났던 별 주변으로 구름 모양의 띠가 나타났다. 그 띠는 점점 회오리치듯 서서히 회전하더니 밝은 빛을 발산했다. 해당 현상은 6~7분 동안 지속되었다. 이를 본 사람들은 약 1천만 명에 달했다. 하지만 직접 목격한 사람들은 소용돌이가 무서웠다기보다는 신비로운 빛을 내는 모습이 웅장하고 아름다웠다고 말했다.

해당 현상이 발생한 후, 중국과학원의 행성 천문학자

인 왕시차오(汪汐潮) 교수는 밤하늘에 나타난 의문의 소용돌이에 대해 분석했다. 교수의 말에 따르면, 소용돌이는 고도 약 650㎞ 지점에 떠 있었으며, 초속 약 1.6㎞의 속도로 회전하고 있었다. 또한, 교수는 해당 현상이 외계인의 소행일 가능성이 있다고 발언했다.

하지만, 2009년 노르웨이 하늘에서도 비슷한 모양의 소용돌이가 나타난 적이 있었다. 중국 상공에 나타났던 소용돌이와 모양이 매우 흡사했다. 추후, 결국 노르웨이 상공에 나타났던 소용돌이는 러시아의 미사일 실험이 실패로 돌아가면서 발생한 흔적이라고 밝혀졌다.

이로 미루어 보아 중국 하늘에 나타났던 소용돌이도 미사일과 같은 군사 무기 실험 과정에서 발생했을 가능성이 높아 보였다. 하지만, 중국 당국은 당시 어떠한 군사 실험도 행해지지 않았다고 일축하였다.

아직까지 그날 하늘 위로 떠올랐던 소용돌이의 정체는 그 누구도 알지 못한 채 미스터리로 남아 있다. 아니면, 왕 교수의 말대로 외계인이 지구에 왔다 갔던 흔적일지도 모르겠다.

"당신 주변에 악마의 기운이 감돌고 있는 게 느껴지는군요. 분명 당신이 최근에 만난 사람은 사람이 아닐 것입니다. 주의하세요."

“그 아이들은… 사람이 아니야.”

도시 그리고 배회하는 망령들

배달 음식을 시키는
죽은 자들

1989년 12월 홍콩에서는 미스터리한 사건이 발생했다. 경찰 당국도 해당 사건이 초자연적인 힘에 의해 발생한 사건이라 공식적으로 인정했을 만큼 기묘한 사건이었다.

배달 국수점을 운영하던 지아하오(嘉豪)는 홍콩 서부의 타이 포 틴(Tai Po Tin)에 위치한 아파트에 4인분의 음식 배달 주문을 받았다. 음식을 갖고 주문 장소에 도착한 지아하오는 벨을 눌렀다.

'띵동'

곧이어 초췌한 몰골의 여성이 문을 열고 나왔다. 여성은 지아하오에게 돈을 건넸고, 지아하오는 액수를 확인한 뒤 음식을 주었다. 지아하오는 식당으로 돌아와 받은 돈을 계산대에 넣으려고 꺼낸 순간 자신이 받은 돈이 사람이 죽었을 때 불에 태우는 가짜 돈이었다는 사실을 깨달았다.

'이게 뭐지? 내가 뭐에 홀렸나?'

지아하오는 당황했지만, 다음 날 배달을 시킨 집에 찾아가 진짜 돈으로 바꿔와야겠다고 생각했다.

다음 날, 지아하오는 배달을 시킨 집에 전화를 걸었다. 여성이 전화를 받았고, 지아하오의 이야기를 듣더니 별말 없이 돈을 바꿔준다고 했다. 그리곤 돈을 바꾸러 올 때, 4인분의 음식을 다시 갖고 와달라고 주문했다.

지아하오는 배달을 시킨 집에 도착했다.

"안녕하세요."

"네."

"저기 어제 돈은…."

"여기 돈 받으시고 음식 주세요."

무언가 차가운 듯한 여성의 태도에 지아하오는 불쾌했

지만, 돈도 챙겼겠다 불필요한 감정싸움을 할 필요는 없었다. 지아하오는 다시 식당으로 돌아와 돈을 확인했다.

"에? 아니 진짜 미치겠네…."

이게 무슨 일인가? 받은 돈을 계산대에 넣으려고 꺼내는 순간 지아하오의 손에 들려 있던 것은 또 가짜 돈이었다.

"분명히 내가 받을 때 확인을 했는데… 이게 뭐지?"

지아하오는 배달을 시킨 집에 다시 전화를 걸었다. 여성에게 자초지종을 설명하자, 여성은 또다시 별말 없이 돈을 바꿔준다며 집으로 오라고 했다. 하지만 또다시 여성은 올 때 4인분의 음식을 가져다 달라고 했다.

지아하오는 전화를 끊자마자 바로 여성의 집으로 향했다. 지아하오는 두 눈을 똑바로 뜨고 이번에는 정말 진짜 돈이 맞는지 두 번, 세 번 확인했다. 돈을 건네받는 그 순간까지 눈을 떼지 않았던 지아하오는 안심하고 길을 나섰다.

"아 진짜!!!!!!! 돌아버리겠네!!!!!"

식당으로 돌아온 지아하오의 손에는 또다시 가짜 돈이 들려 있었다. 지아하오는 화가 나 바로 경찰에 신고했다. 지아하오는 경찰과 함께 배달을 시킨 집에 찾아갔다. 경찰과 함께 집에 도착한 지아하오는 초인종을 누르며 문을 두드렸다.

"쿵쿵쿵! 문 좀 열어보세요! 하루 이틀도 아니고 왜 이렇게 지폐에 문제가 생기는지 설명 좀 해주세요! 쿵쿵쿵!"

아무리 문을 두드려보아도 문 안쪽에는 인기척이 없었다. 곧이어 경찰은 문을 강제로 열고 안으로 들어갔다. 문을 열자 고약한 냄새에 모두 코를 막았다. 얼마 지나지 않아 냄새의 근원지를 알 수 있었다. 바로, 집 안에는 4구의 시신이 나란히 누워 있었고, 부패가 시작되고 있었다.

조사 결과, 4명의 시신은 지아하오가 첫 번째 주문을 받던 시기에 이미 죽어 있던 상태로 밝혀졌다. 소름 돋는 점은 4명의 시신의 배 속에서 3일간 주문한 음식이 발견되었다. 또한, 지아하오에게 주문 전화를 하고 음식을 건네받은 여성은 4명의 시신 중 사망한 지 가장 오래된 1주일이 넘은 상태였다.

그렇다면, 지아하오가 만났던 여성은 누구였을까? 이승을 떠나기 전 맛있는 음식이라도 실컷 먹고 싶었던 귀신들의 염원이 만들어낸 미스터리한 사건이었을까?

폭우 속 다리 위의

사라지던 아이들

이밍(一銘)의 가족은 휴가를 즐기기 위해 홍콩에서 휴양지로 유명한 퉁차이위엔(松仔園)에 방문했다. 며칠간의 휴가를 보낸 뒤, 늦은 밤 집으로 돌아가는 중 폭우가 쏟아지기 시작했다. 때마침 망구이키우(猛鬼橋)라 불리는 다리를 지나고 있었다. 어찌나 비가 많이 내리던지 다리가 물에 잠겨 이밍 가족이 탄 차는 다리를 지나지 못하고 정차했다.

그때였다. 다리 위에 무언가 희미한 형체들이 서 있는 모습이 이밍의 눈에 들어왔다.

'저게 뭐지?'

폭우 속에서 초등학생 정도로 보이는 아이들이 물에 반쯤 잠긴 채 다리 위에 서 있었다. 이밍은 물에 잠긴 채 자신을 바라보고 있는 아이들을 보고 놀라 밖으로 나왔다.

"얘들아, 거기는 너무 위험하니 얼른 밖으로 나오렴!"

한참을 불렀지만, 망구이키우 위의 아이들은 미동도 하지 않았다. 걱정이 되었던 이밍은 주변에 있던 긴 나무 막대를 주워 아이들에게 내밀었다.

"얘들아, 이걸 잡고 건너오렴!"

아이들은 이밍이 내민 막대기에도 아무런 반응이 없었다. 거리가 너무 멀어서 그런가 싶어, 이밍은 아이들에게 가까이 다가갔지만 역시나 반응이 없었다. 하지만 아이들에게 가까이 다가갈수록 뭔가가 이상한 느낌이 들었다. 가까이에서 본 아이들의 얼굴은 마치 익사체처럼 이목구미가 잘 안 보일 정도로 퉁퉁 불어 있었으며, 백지장처럼 피부가 하얗게 질려 있었다. 이밍은 덜컥 겁이 났다. 이밍은 단번에 그 아이들이 이 세상 사람이 아닌 것을 깨달았다. 이밍은 조용히 뒷걸음질 쳐 차로 돌아갔다.

그렇게 돌아간 이밍에게 가족들은 왜 아이들이 거기

서 있냐고 물었다.

“여보 왜 거기에 아이들이 서 있는 거야? 그리고 왜 막대를 내밀어도 나올 생각을 안 하는거지? 아이들이 너무 겁을 먹은 건가…. 내가 가볼까?”

“아냐.”

“뭐가?”

“그 아이들은… 사람이 아니야.”

“뭐라고?”

이밍은 가까이에서 본 아이들의 모습을 가족들에게 설명했다. 가족들은 이밍의 대답을 듣곤 더 이상 아무 말도 하지 않았다. 이밍의 가족들은 차 안에서 그저 폭우가 그치길 숨죽이고 기다리며 아이들을 바라볼 뿐이었다.

1시간 정도가 지났을까. 비가 잦아들기 시작했다. 이밍과 가족들은 피곤했는지 잠이 들었다. 이밍은 잦아든 빗소리에 눈을 떴다. 이밍의 눈앞에는 그저 텅 빈 다리만이 덩그러니 놓여 있을 뿐이었다.

† † †

버스기사 용러(永乐)는 늦은 밤, 빈 버스를 몰고 망구이키우를 지나던 중, 여성을 태웠다. 하지만, 여성이 버스를 타며 낸 현금은 죽은 사람을 위해 불에 태우는 가짜 돈이라는 사실을 깨달았다. 용러는 찝찝한 마음에 백미러를 통해 여성의 모습을 확인했다. 용러는 유난히 창백한 피부와 함께 묘한 느낌을 내는 그녀가 사람이 아니라는 것을 단번에 알아챘다. 하지만, 용러는 내색을 하지 않고, 계속 운전했다.

얼마 뒤, 여성은 자신의 목적지에 도착한 듯, 정차 벨을 눌렀다. 용러는 그녀가 정차하고자 하는 정류장에 차를 세웠다. 용러는 백미러로 그녀가 내리는지 지켜보고 있었지만, 계속 자리에 앉아 있었다. 무서워진 용러는 고민했다.

'아씨. 말이라도 걸어야 하나…?'

용러는 직접 그녀에게 말을 걸어보기로 했다.

“저…저기요…? 도착했거든요…? 내리시면 됩니다.”

여성은 아무런 대답이 없었다. 용러는 무서웠지만, 마지막 용기를 내어 뒤를 돌아 여성에게 말했다.

“저기… 도착….”

용러가 뒤를 돌아본 순간, 버스 안에는 텅 빈 좌석들만이 있었다. 온몸에 소름이 돋은 용러는 재빨리 문을 닫고 출발했다. 그때였다. 허공에서 용러에게 정체불명의 목소리가 들려왔다.

“무사히 저를 태워주셔서 감사합니다.”

† † †

망령들을 위로해주기 위해 망구이키우 다리 주변에 마을 사람들이 세운 비석

홍콩 타이포의 퉁차이위엔은 아름다운 풍경과 지역을 흐르는 긴 강으로 피크닉 가기 좋은 장소이다. 하지만, 아름다운 풍경과는 대조적으로 퉁차이위엔에 위치한 망구이키우에서는 종종 귀신이 목격된다.

망구이키우는 1950년대에 설립되었다. 다리의 원래 이름은 폭우로 자주 범람했기 때문에, '홍수교'였다. 하지만, 귀신이 목격된다는 소문 이후 '귀신 들린 다리'라는 뜻의 망구이키우로 바뀌었다.

1955년 폭우가 쏟아지던 8월 28일, 세인트 제임스 세틀먼트(Saint James Settlement)라는 비영리단체에서 일하던 교사들은 버스를 타고 망구이키우를 건너고 있었다. 버스 안에는 타이포 지역 고아원의 아이들이 함께 타고 있었다. 교사와 아이들은 1주일간의 소풍을 마치고 집으로 돌아오던 길이었다.

그날 오후 1시 30분, 버스는 망구이키우 앞에 도착했다. 하지만, 폭우로 인해 망구이키우는 침수된 상태였다. 잠긴 다리를 보고 폭우가 멈추길 기다리며 버스는 다리 근처에 정차했다. 하지만, 급격하게 불어난 물로 인해 버스는 순식간에 물속으로 빨려 들어갔다. 손쓸 틈도 없이 버스에 타고 있던 28명의 아이들과 교사들, 운전기사는 물속으로 사라졌고 모두 익사체로 발견되었다. 그 이후 망구이키우에서는 귀신이 목격된다고 전해진다.

일부 목격담에 따르면 망구이키우에서 목격되는 아이들은 지나는 차를 향해 손을 흔들며 태워달라는 제스처를 보인다고 한다. 하지만 아이들을 태우면 금세 허공으로 사라졌다고 한다. 혹자는 아이들이 모여서 물 한가운데에서 공기놀이를 하고 있다거나, 잡담을 하며 웃는 모습을 봤다고도 전해진다. 아이들의 귀신 이외에도, 성인 여성의 귀신을 목격했다는 얘기도 많다. 사람들은 여성 귀신의 정체는 홍수로 인해 비극을 겪은 교사들 중 한 명으로 추측한다.

당신이 망구이키우를 건널 때, 이 세상 사람이 아닌 듯한 사람들을 발견하게 된다면, 겁을 먹지 않아도 될 것이다. 대신 그들을 도와주려는 마음으로 접근한다면 그들도 당신에게 고마움을 표현할지도 모르겠다.

아우마테이역 자살 사건

1981년 11월의 어느 날, 홍콩 야우마테이역에 자살 사건이 발생했다.

"으악!!!"

역에 열차가 접근하는 신호음이 울리는 동시에, 20대로 보이는 여성이 달려오는 기차에 몸을 던졌다. 사람들은 그 광경을 목격하고 비명을 질렀다. 열차를 운전하던 운전사도 기차에 뛰어드는 여성을 보고 놀라 급정차했다. 하지만 열차가 워낙 빠른 속도로 플랫폼에 들어오고 있던 터라 멈추지 못하고 그대로 여성을 지나쳐버렸다.

"아이고… 저런저런…."

사람들은 웅성거리기 시작했고, 여성이 그 자리에서

즉사했을 것이라 생각했다. 기차역에 근무하던 역무원들과 현장에 도착한 구급대원, 경찰들은 여성의 시체를 수습하기 위해 열차 밑으로 향했다. 하지만, 이게 웬일인가? 그 어디에서도 여성의 시체를 발견할 수 없었다. 보통, 열차 충돌 사고가 발생하면 당연히 남아 있어야 할 작은 혈흔조차 찾을 수 없었다. 역에서 열차를 기다리던 행인들도 함께 여성의 흔적을 찾았지만 결국 그 어떠한 것도 발견되지 않았다.

결론적으로 당시 역에 있었던 모든 사람들이 열차에 뛰어드는 여성을 보았지만, 여성의 흔적은 발견되지 않았다. 홍콩 매체는 그날 있었던 소동을 '집단 환각'으로 규정하였다.

出
EXIT
A
兆萬中心
登打士街
家樂坊
廣華醫院
柏裕商業中心
Park-In Commercial Centre
B
富榮花園
Charming Garden
理大香港專上學院
上海街
窩打老道
D
九龍維景酒店

홍콩 야우마테이역

폐쇄된 정신병원의 간호사

즈신(子鑫)은 한밤중에 폐쇄된 정신병원 건물 옆을 걷고 있었다. 그가 건물을 지나치는 도중 건물 안에 무언가 하얀 형체가 보였다. 자세히 보니 간호사 복장을 한 여성이 자신을 쳐다보고 있었다. 즈신은 왠지 소름이 돋아 빠르게 지나치려고 하는 순간, 여성이 말을 걸었다.

"안녕하세요. 당신의 정신 건강은 괜찮으신가요?"

"네?"

"뭔가 급해 보이는군요. 그것도 역시 정신병이죠. 제가 치료해드릴까요?"

"네? 갑자기 그게 무슨 말이죠? 전 필요 없습니다."

즈신은 갑자기 자신을 치료해준다며 말을 거는 낯선 여성이 너무 소름 돋았다. 그는 정중하게 사양하고 서둘러 길을 재촉하였다. 그때, 여성은 분노에 찬 목소리로 소리 지르기 시작했다.

"어딜 가! 내가 치료해준다고 했잖아! 내 말 무시하는 거야? 죽여버릴거야!!!"

여성은 즈신을 향해 윽박지르며, 손에 날카로운 주사기를 들고 즈신의 뒤를 쫓아왔다. 즈신은 미친 듯이 도망쳤고, 한동안 달리다가 뒤를 돌아보니 아무도 없었다.

† † †

사이잉푼 커뮤니티 콤플렉스 건물 전경

홍콩섬 사이잉푼역에 위치한 하이스트리트는 홍콩에서 새롭게 떠오르고 있는 번화가다. 하이스트리트를 걷다 보면 다양한 물건을 살 수 있는 가게들, 공원, 학교 등 많은 건물들을 만날 수 있다. 그중 단연 돋보이는 것은 사이잉푼 커뮤니티 콤플렉스(Sai Ying Pun Community Complex) 건물이다.

사이잉푼 커뮤니티 콤플렉스는 9층 건물로, 건물의 아

래쪽에 아치형 베란다가 보존되어 있는 역사적인 건축물이다. 이 건물에는 멋진 외관과는 달리 흉흉한 소문이 돈다.

사이잉푼 커뮤니티 콤플렉스는 1892년 설립되었다. 당시 건물은 제2차 세계대전 때까지 유럽에서 온 간호사를 위한 숙소로 활용되었다. 간호사들을 위한 침실뿐만 아니라 화학 실험실, 식당, 사무실 등이 있던 종합 건물이었다. 하지만, 제2차 세계대전이 끝난 1947년, 해당 건물은 홍콩 전역의 정신이상자를 수용하기 위한 건물로 개조되었다. 1961년 캐슬피크 정신병원으로 이름이 바뀌어 1971년까지 외래 환자들을 위한 건물로 사용되었다. 이후 캐슬피크 정신병원은 운영난으로 인하여 폐쇄되어 한동안 방치되었다. 바로, 귀신이 등장한다는 소문이 생긴 것은 이때부터였다.

의문의 절규 소리가 들린다든지, 신체 한 부위가 심각하게 손상된 사람들이 건물 안을 돌아다닌다든지 등 흉흉한 소문이 돌기 시작했다.

이후 해당 건물에 원인 모를 화재가 발생하면서 건물

의 일부가 심각하게 훼손되었다. 정부 당국은 화재가 발생한 김에 흉흉한 소문을 없애기 위한 목적으로 1990년, 건물의 일부만을 남겨놓은 채 현재의 커뮤니티센터로 재건하였다.

사이잉푼 커뮤니티 콤플렉스에서 등장하는 의문의 유령들 정체는 알 수 없지만, 정신병원에서 뭔가 험한 일이 있었던 것이 아닐지 목격자들의 증언들을 통해 추정할 뿐이다.

난징에서 증발한

3,000명의 군인들

1939년 12월, 리푸시엔(李福贤)이라는 중국군 대령은 일본군의 공격에 대비해, 양쯔강을 건너는 다리를 지켜야 했다. 이를 위해, 난징의 언덕 지역에 3,000명의 군인들을 배치했다.

군인들을 배치한 지 이틀이 지났다. 리푸시엔은 아침에 일어나 보좌관에게 한 가지 보고를 받았다. 바로, 진지에 있던 군인들이 어떠한 신호에도 응답하지 않는다는 것이었다. 리푸시엔은 군인들의 기강이 해이해졌다고 생각하여 분노하였고, 보좌관들과 함께 군인들이 배치된 지역으로 달려갔다.

하지만, 3,000명의 군인들이 배치되었던 장소에는 개미 한 마리조차 보이지 않았다. 사람들이 머물렀던 그 어떠한 작은 흔적들조차 발견되지 않았다. 장전이 된 중화기들도 덩그러니 놓여 있었다. 황당한 리푸시엔 대령은 보좌관에게 어젯밤에 특별한 일이 있었냐고 물었다.

“어제 무슨 특이한 사항이 없었나? 이게 말이 되는가?”

“그러게 말입니다. 저도 따로 보고받은 특이 사항은 전혀 없었습니다. 그래서 더 황당합니다.”

혹자들은 이 사건에 대해, 군인들이 단체로 탈영을 했다거나 일본군에게 살해를 당한 것이라고 이야기했다. 하지만, 그러한 일을 당했더라도 작은 흔적들은 분명 찾을 수 있지 않았을까? 결국, 당시의 정황을 설명할 그 어떠한 물적 증거는 발견되지 않았다.

† † †

나와 평범한 관계를 맺고 살아가던 주변 사람이 하루아침에 흔적도 없이 사라진다면 어떤 생각이 들까? 납치, 가출, 살인, 빚 문제 등 갑자기 사람이 실종되는 것에는 자의든 타의든 썩 좋지 않은 일이 있음이 분명하다.

중국은 과거 1937년부터 1945년까지 일본과 제2차 중일전쟁을 벌였다. 전쟁이 한참이던 1939년, 중국 역사상

최악의 대량 실종 사건이 발생한다. 바로, 난징 주변에서 주둔했던 3,000명가량의 군인들이 그 어떠한 단서도 남기지 않은 채 증발했다.

약 80년이 넘은 지금도 그날 실종된 군인들에 대한 어떠한 증언들이 없는 것으로 보아, 실종 사건은 더더욱 미궁으로 빠졌다. 아직까지도 난징 주변을 배회하며 망령이 된 3,000명의 군인들을 생각하면 소름이 돋는다.

머레이 하우스에서

거행된 퇴마 의식

머레이 하우스(Murray House)는 홍콩섬 남부에 있었던 건물이었다. 머레이 하우스는 빅토리아시대에 지어져 웅장한 모습이 인상적이었다.

1846년, 머레이 하우스는 홍콩에 주둔하던 영국 육군의 장교 숙소로 쓰이다가 2000년대에 들어서며 현재 위치인 홍콩 스탠리 지역으로 이전되었다. 지금 머레이 하우스에는 바다가 보이는 멋진 레스토랑과 상점들이 들어서 있다. 하지만, 1940년대 일본이 홍콩을 점령했을 당시, 해당 건물은 일본 헌병의 지휘 본부나, 홍콩인들을 처형하는 장소로 사용되었던 아픈 역사를 지니고 있다.

특히, 머레이 하우스에서는 과거 일본군에 의해 4,000명 이상의 홍콩 시민들이 고문을 당하거나 무참히 살해당했다. 억울하게 죽은 사람들의 원혼 때문인지 머레이 하우스는 초자연적인 현상이 발생하는 것으로 유명해졌다. 초자연현상으로 인해 불안을 느낀다거나 심지어 물리적인 피해를 입었다는 사례가 많아지자, 홍콩 정부는 1963년과 1974년 두 차례에 걸쳐 공식적으로 퇴마 의식을 거행했다.

두 번에 걸친 퇴마 의식 당시, 70명의 불교 승려들이 머레이 하우스에 집결하여, 약 2시간 동안 건물과 주변을 돌아다녔다. 승려들은 원혼들을 위로하는 공양을 드리고 의식을 치렀다. 퇴마 의식을 보기 위해 많은 사람들이 머레이 하우스에 몰려들었으며, 의식은 TV로도 생중계되었다.

그중, 1974년에 거행된 퇴마 의식은 당시 머레이 하우스 건물을 사용하던 홍콩 교통부 장관의 의뢰에 의한 것이었다. 당시, 교통부에서 일하던 많은 공무원들이 귀신과 같은 초자연적인 현상으로 두려움을 느끼고 있었다. 이로 인해 업무에도 큰 지장이 있었고, 장관은 이를 방관할 수 없었기 때문이었다.

당시 교통부 장관이었던 브라이언 윌소(Brian Wilso)는 한 인터뷰에서 아래와 같이 발언했다.

"저는 불교 신자는 아닙니다. 그래서 저에게 많은 사람들이 질문을 했죠. 불교를 믿지도 않는데 왜 승려들을 불러 불교 퇴마 의식을 거행하도록 했냐고요. 대답은 간단해요. 교통부 사무실에 쥐가 나타나면, 저는 쥐 잡는 사람을 불러 직원들이 업무에 집중할 수 있도록 쥐를 퇴치해야죠. 이와 마찬가지로, 교통부 사무실에 귀신이 들끓었기 때문에 귀신을 잡는 사람들을 부른 것뿐입니다. 그 사람들이 불교 승려들이었던 거죠. 따라서, 저의 종교 가치관과 상관없이 퇴마 의식을 의뢰한 겁니다."

스탠리 해변에 위치한 머레이 하우스

떠들썩했던 두 번의 퇴마 의식이 끝난 뒤 정말 효과가 있었는지 없었는지는 대중들 사이에서 분분하였다. 하지만, 경제적인 이유로 1982년 머레이 하우스 건물은 해체되었고, 해당 부지에는 중국은행타워(Bank of China Tower)가 들어섰다. 머레이 하우스가 해체된 이후, 1990년 홍콩 주택부(Housing Department)에 의해 해당 건물은 역사적인 건축물로 보존해야 한다는 의견이 제안되었다. 이후, 건물의 일부는 스탠리 지역으로 옮겨져 재건축되었으며, 2002년에 재개장하였다. 현재의 머레이 하우스는 고풍스러운 외관과 현대적인 분위기의 상점들이 들어서 귀신이 나온다는 곳이라는 오명을 떨쳐내고 유명한 랜드마크가 되었다.

하지만 일부 사람들은 여전히 머레이 하우스에 대해 부정적인 생각을 갖고 있다. 귀신이 들끓었던 건축물을 재건축하는 것은 마치 죽은 사람의 신체 부위를 모아 프랑켄슈타인 같은 괴물로 만드는 것과 같다는 의견, 겉으로는 근사한 건물처럼 보이지만 결국 귀신이 떠돌던 건물의 복제품을 재생산해냈다는 의견 등 머레이 하우스와 관련된 사람들의 의견은 여전히 분분하다.

초이홍역의 지옥행 열차

홍콩의 초이훙역에는 세 개의 열차 트랙이 있다. 하지만, 현재 세 개의 열차 트랙 중 가운데 트랙을 뺀 양쪽 트랙만이 사용되고 있다. 그 이유는 과거 발생했던 기묘한 사건 때문이다.

홍콩 초이훙역을 건설할 당시 열차 트랙을 테스트하기 위해 엔지니어팀을 주룽반도로 향하는 열차에 탑승토록 하였다. 열차가 주룽반도에 도착한 뒤 다시 초이훙역으로 돌아오면 약 30분이 걸렸다. 하지만, 1시간이 지났는데도 주룽반도로 향했던 열차는 도착하지 않았다. 초이훙역의 역무원들은 열차에 무슨 문제라도 있는지 알아보기 위해 무전을 보냈다.

"1시간이 지나도 열차가 도착하지 않아 무전을 보냈습니다. 혹시 열차에 무슨 일이 있습니까?"

"……."

"응답해주세요. 열차에 무슨 문제라도 있습니까?"
"……."

역무원들은 계속해서 신호를 보냈지만, 그 어떠한 답도 오지 않았다. 역무원들이 의아해하고 있는 동안, 멀리서 열차가 들어오는 굉음이 들려오기 시작했다.

'쿠쿵. 쿠쿵. 쿠쿵. 끼-익'

열차는 우렁찬 소리를 내며 초이훙역 플랫폼으로 돌아왔다. 역무원들은 바로 뛰어나가 열차에 무슨 문제가 있었는지 확인하기 위해 차량 내로 진입했다. 하지만, 이상하게도 열차 안에서는 마치 달걀이 썩는 듯한 유황 냄새가 진동했다. 역무원들은 코를 막고, 엔지니어팀이 타고 있던 열차 칸으로 향했다. 해당 열차 칸에는 엔지니어팀 팀원들이 앉아 있었다. 하지만, 그들의 표정은 무언가 이상했다. 그들은 침을 질질 흘리며 허공을 보고 있었고, 알아듣지 못하는 말을 중얼거리고 있었다.

"무슨 일이 있었던 거죠?!"

"#@#$!…$@##!… 지옥…."

"뭐라고요?"

"지…##$@!…옥…우#%$#리…는…보지 말아야…#$@할…것…들…@#$…을 보았…다…."

열차 안에 있던 사람들은 '지옥'이라는 단어와 함께 보지 말아야 할 것들을 보았다는 이상한 말을 중얼거렸다. 사람들의 상태가 좋지 않음을 깨달은 역무원들은 그들을 병원으로 즉시 이송했다. 이송 후에도 일부 엔지니어들은 뚜렷한 사인 없이 사망하기도 했다.

얼마 뒤, 경찰은 해당 사건을 조사했지만 도무지 사건의 맥락을 파악할 수 없었다. 결국, 조사를 위해 경찰 당국은 무당을 고용했다. 무당은 사건이 벌어진 장소와 당시 열차에 타고 있던 사람들을 면밀하게 살펴보았다.

"이 사람들은 가지 말아야 할 곳을 갔고, 보지 말아야 할 것을 봤을 겁니다. 초이훙역의 세 개의 트랙 중 테스트

열차가 지났던 가운데 트랙은 지옥의 문을 향해 뻗어 있습니다. 계속해서 가운데 트랙으로 열차를 운행한다면, 분명 더 많은 피해자들이 생길 겁니다. 당장 가운데 트랙을 폐쇄하세요."

역무원들은 가운데 트랙은 지옥문을 향한다는 무당의 말이 의아했다. 하지만, 더 이상의 인명 피해를 막고자 당국은 초이훙역의 가운데 트랙을 폐쇄했다. 이후, 현재까지도 사람을 태운 열차는 가운데 트랙으로 지나지 않는다.

정말 엔지니어들은 지옥을 다녀온 것일까?

홍콩 초이훙역 내부 모습

퉁싱 영화관의 귀신 관객

1960년대 홍콩 영화가 전성기를 누릴 당시, 홍콩 중심지에는 퉁싱 영화관이라 불리는 곳이 있었다. 이곳은 항상 영화를 보려는 사람들로 붐볐다. 따라서, 만석이 되는 경우는 흔히 볼 수 있었다.

회사원 보청(博成)은 자신이 보고 싶었던 영화가 퉁싱 영화관에서 상영된다는 사실을 알고, 퇴근 후에 영화관을 방문했다. 하지만, 보청이 영화관에 도착했을 때는 이미 영화를 보러 온 사람들로 만석이었다. 보청은 영화 관람이 가능한 시간대를 알아보았고, 밤 12시 상영에 딱 한 좌석이 비어 있었다. 늦은 시간이라 보청은 고민이 되었지만, 너무나 보고 싶었던 영화였기에 밤 12시 좌석 티켓을 구매했다.

보청은 12시가 거의 다 되어 영화관 입장을 대기하고 있었다. 하지만, 한 좌석만 비어 있었던 것 치고는 영화관 주변에 사람들이 거의 없었다.

'정말 만석이 맞아? 근데 왜 이렇게 사람들이 없지?'

보청은 검표를 마치고 상영관 안으로 들어갔다. 상영관에 들어간 보청은 그제야 이해가 갔다.

'와. 벌써 다들 앉아 있었구나.'

상영관은 이미 사람들이 꽉 차 있었다. 보청은 자리에 앉기 위해 사람들 사이를 비집고 들어갔다.

"잠시 지나가겠습니다. 죄송합니다."

사람들이 어찌나 많았던지, 보청은 다른 관객의 발을 밟기도 했다. 하지만, 이상했던 점은 보청에게 발을 밟힌 관객은 아무런 표정 변화 없이 그저 허공을 응시하고 있었다. 이에 더해, 사람들은 영화가 시작되기 전이었음에도 서로 단 한마디도 하지 않았다.

'이 사람들 생각보다 매너가 좋은걸? 영화가 시작되기도 전에 이렇게나 조용히 있단 말이야?'

곧이어 영화는 시작하였다. 보청은 행복하게 영화를 관람했다. 영화가 끝나고 엔딩 크레디트가 올라갔다. 잠시 후, 상영관 내에 불이 밝게 켜졌다. 그와 동시에 보청은 당혹감을 감출 수 없었다.

'뭐야?? 그 많던 사람들이다 어디로 간 거야?!'

조명이 켜진 상영관 내에는 보청 혼자 덩그러니 남아 있었다. 상영관을 가득 채우던 사람들은 눈을 씻고 찾아봐도 없었다. 영화의 엔딩 크레디트가 올라가기 전에 그 많던 사람들은 모두 밖으로 나갔던 걸까? 아니면, 어두운 조명으로 인해 보청이 잘못 보았던 것일까? 아니 그렇다면 보청이 자신의 좌석을 찾아가면서 지나쳤던 관객들은 어떻게 설명해야 할까?

보청은 다음 날 회사에 출근하여 동료였던 루어시엔

(子轩)에게 자신이 겪었던 이상한 경험을 얘기해주었다. 그 말을 들은 루어시엔은 놀라며 말했다.

“퉁싱 영화관에 갔었다고? 거기 심야 영화는 절대 보면 안 된다는 거 몰라? 거기 예전에 있었던 장례식장 건물을 허물고 지은 영화관이잖아. 그래서 심야 영화 시간만 되면 표가 싹 다 매진이 되는데 전부 귀신들이 표를 산다는 소문이 있어.”

귀문이 열리는 날: 중원절

귀문이 열려 귀신들이 이승으로 건너오는 날이 있다면 믿을 수 있겠는가? 중국, 홍콩을 비롯한 특정 동아시아 및 동남아시아 국가에는 음력 7월 15일 밤 귀신들을 위한 축제를 연다. 국가에 따라 축제를 지칭하는 말은 조금씩 다르지만, 도교 전통을 따르는 곳은 중원절(中元节), 불교 전통을 따르는 곳은 우란절(盂蘭節)이라고 부른다. 사실 한국도 백중절(白中節)이라는 비슷한 풍속이 있다.

중국 태음력에 따르면 일곱 번째 달의 15일은 귀문이 열리는 날로 사람들은 죽은 조상이나 각종 귀신들이 지옥으로부터 이승으로 건너와 산 사람의 세상을 돌아다닌다고 믿는다. 따라서, 사람들은 배회하는 영혼들을 위해 정성스럽게 음식을 만들어 대접하고 향을 피우거나 옷, 금, 종이 돈 등으로 영혼을 위한 자리를 비워놓고 고인들에게 경의를 표한다.

특히, 사람들은 살아생전 범했던 죄로 인해 지옥에 떨

어져 고통받는 귀신들을 위로하기 위해 승려를 통해 공양을 드린다. 이때, 공양을 받은 귀신은 천국으로 가거나 환생한다는 믿음이 있다.

영혼을 위해 음식을 준비하는 중국인들

중원절은 귀신이 돌아다니는 날인 만큼 음기가 가장 강한 날로, 사람들 사이에서 중원절에 하면 안 되는 10가지 금기들이 다음과 같이 전해 내려온다.

1. 늦게까지 깨어 있거나 밤에 혼자 산책을 하지 마시오. 길거리에서 마주치는 사람이 사람이 아닌 다른 존재일 수 있습니다.
2. 밤에 셀카를 찍거나 동영상을 찍지 마시오. 사진 혹은 영상에 정체불명의 무언가가 함께 찍힐 수 있습니다.
3. 젓가락을 밥 위에 세로로 찔러넣지 마시오. 귀신들은 당신이 자신들을 초대했다고 생각할 수 있습니다.
4. 물가에 가지 마시오. 익사한 사체의 영혼들은 언제든 당신을 데려갈 준비가 되어 있습니다.
5. 새집으로 이사하거나 사업, 결혼을 하지 마시오. 귀신이 붙어 평생 당신과 함께할 수 있습니다.
6. 길거리에서 동전이나 돈을 줍지 말고, 줍더라도 집에 갖고 오지 마시오. 그 돈은 사후 세계에 있는 존재들을 위한 돈입니다.
7. 누군가가 당신을 부르는 소리나, 처음 맡아보는 향에 반응하지 마시오. 이 세상 것이 아닐 수 있습니다.
8. 길가에 있는 제물을 함부로 밟거나 발로 차지 마시오. 혹시나 밟았다면 정중히 사과해야 합니다.

9. 제물을 위해 만들어놓은 음식을 먹지 마시오. 이 역시 사후 세계의 존재들을 위한 음식입니다.
10. 거울이나 반사가 되는 물건들을 비치해놓지 마시오. 반사되는 물체들은 이 세계로 통하는 관문의 역할을 하기에, 귀신들을 유인할 수 있습니다.

이 외에도 중원절에는 괴담을 함부로 말하지 말아야 하며, 귀신을 위해 비워놓은 자리에 앉지 말아야 하는 등의 금기 사항들이 있다.

중원절 축제 모습

중원절은 귀신이 돌아다니는 날인 만큼 관련된 괴담도 많다. 길거리에서 택시 기사가 임산부를 태웠는데 한참을 달리다가 뒤를 보니 사라졌다는 이야기, 어린아이가 제사상 위의 음식을 먹고 있기에 주의를 주려고 다가가자 연기처럼 사라졌다는 이야기, 남성이 집에 가던 중 할머니가 주소를 물어보았는데 자신의 집과 동일한 건물 주소라 데려다주었고 알고 보니 오래전 돌아가신 윗집 가족의 어머니였다는 이야기 등 귀신과 관련된 많은 이야기들이 떠돈다. 중원절만큼은 고통받는 영혼들을 위해 두려움을 갖는 대신 봉사하는 마음을 갖는 것은 어떨까.

남쿠 테라스에

들려오는 비명 소리

홍콩 완차이(Wanchai)에 위치한 남쿠 테라스(Namku Terrace)는 2층짜리 붉은 벽돌로 된 건물로 1920년 전후에 지어진 역사적인 건물이다. 하지만, 남쿠 테라스 주변을 지나는 사람들은 여성이 절규하는 듯한 비명을 듣곤 하며, 의문의 여성 귀신들이 등장하여 놀래곤 한다고 증언한다.

남쿠 테라스에는 홍콩의 저명한 사업가였던 토준만(To Chun Man)이 살고 있었다. 그는 그곳에서 지내며 사업을 크게 키웠다. 하지만, 1941년부터 일본이 홍콩을 점령하기 시작하면서, 토준만은 다른 곳으로 이사를 가야만 했다. 일본군은 남쿠 테라스를 점령했고, 1945년까지 일본군을 위한 군사 매춘 업소(위안소)로 사용했다. 이후, 호프웰 홀딩스(Hopewell Holdings)는 1993년에 건물의 소유권을 인수받았으며, 현재까지 소유주로 남아 있다.

일본이 남쿠 테라스를 군사 매춘 업소로 활용했을 당

시, 일했던 대부분의 여성들은 제2차 세계대전 중 일본에 의해 점령당했던 국가들에서 강제로 성 노예로 끌려왔다. 많은 여성들이 성 노예로 생활하다가 자신의 처지를 비관하며 자살하곤 했으며, 일부 여성들은 고문을 당하거나 인체 실험을 당하는 등 잔인하게 살해당했다.

남쿠 테라스에서 등장하는 귀신들의 정체는 군사 매춘업소에서 일하던 여성들이라는 설이 가장 강력하다. 자살을 해 혀가 축 늘어져 있는 귀신, 머리가 없는 귀신, 내장이 배 밖으로 흘러나온 채 걸어다니는 귀신 등 남쿠 테라스에서 귀신을 봤다고 증언하는 사람들의 말들을 모아보면 신기하게도 일본군이 자행했던 악행들이 귀신의 모습들에 고스란히 녹아 있다. 일부 사람들은 워낙 흉측한 모습의 귀신들이 남쿠 테라스에서 나오기에, 호기심에 남쿠 테라스를 방문했다가 귀신을 목격하고 정신이상 증세를 겪기도 했다.

† † †

홍콩 완차이의 남쿠 테라스 건물

2003년 11월 30일, 8명의 중학생들은 남쿠 테라스에서 나오는 귀신들의 정체를 목격하고 조사하기 위해 그곳을 방문했다. 학생들은 그곳에서 하룻밤을 보냈다. 그러던 중, 수많은 여성 귀신들이 몸이 성하지 않은 모습으로 학생들을 둘러쌌고, 학생들은 그대로 혼절하여 다음 날 인근을 지나던 사람에 의해 발견되었다. 학생들은 넋이 나간 채 멍하니 허공만을 바라보고 있었다고. 그중 3명은 여성 귀신을 보았다며 그날 밤 정신병원에 입원했다.

추후, 경찰 조사에 따라 학생들의 증언을 종합해보면 학생들이 공통적으로 목격했던 귀신들의 모습은 하나같이 성치 않았다. 이로 미루어보아, 그 귀신들의 정체는 1941년부터 1945년까지 군사 매춘 업소에서 일하던 여성들일 것이라 추정할 뿐이었다.

이후, 귀신이 나타났다는 소문을 듣고 사람들은 남쿠 테라스에 몰려들기 시작했고, 방문자들 사이에서는 의문의 절규 소리가 들린다거나 정체불명의 대상이 신체를 때리는 등의 경험을 했다는 소문이 나기 시작했다.

남쿠 테라스에 출몰하는 귀신들이 정말 귀신인지는 모르겠지만, 적어도 억울하게 죽어간 젊은 여성들의 한이 남쿠 테라스에 강하게 맺혀 있다는 것은 그 누구도 부정할 수 없을 것이다.

차오네이 81번 교회의

기묘한 사건들

차오네이 81번 교회는 베이징의 오래된 교회이다. 차오네이 81번 교회는 공식적인 자료가 남아 있지 않아 정확히 언제쯤 지어졌는지는 알려져 있진 않다. 하지만, 20세기 바로크양식의 건축물인 것으로 보아 1910년경 청나라 황실이 영국 혹은 프랑스인들을 위해 지었을 것이라 추정할 뿐이다.

차오네이 81번 교회에는 여자 귀신이 나온다는 소문이 있다. 1970년 당시 마오쩌둥에 의해 주도된 문화대혁명 과정에서 활동한 홍위병들은 해당 교회를 숙소처럼 사용했다. 하지만, 당시 끔찍한 몰골의 여자 귀신이 자주 등장하여 겁에 질려 모두들 떠났다. 홍위병뿐만 아니라, 교회에서 머무는 사람들은 하나같이 긴 머리를 늘어뜨린 채 소름 돋는 목소리로 자신들을 공포에 질리게 하는 여자 귀신이 출몰한다고 증언했다.

1940년대 후반 중국공산당과 중국국민당 사이에 제2차

국공 내전이 벌어졌다. 결론적으로 중국국민당은 중화민국정부를 대만으로 옮겼다. 이 과정에서 차오네이 81번 교회에서 살던 중국국민당 군사 조직의 장교 밍즈어(茗澤)와 그의 아내 신이(欣怡)는 대만으로 도망치려 했지만, 사정으로 인해 신이는 교회에 홀로 남게 되었다. 신이는 밍즈어를 한동안 기다렸지만 밍즈어는 돌아오지 않았다. 밍즈어에게 절망한 그녀는 교회 지붕 밑 서까래에 목을 매달고 자살했다. 사람들은 교회에서 등장하는 소름 돋는 여자 귀신을 자살한 신이의 망령으로 추정했다.

† † †

교회에는 귀신 이외에도 미스터리한 일들이 벌어졌다. 건물을 개·보수하기 위해 영국인 사제가 작업에 투입되었는데, 작업이 완료될 때쯤 갑작스럽게 사제가 실종되었다. 사제를 찾기 위해 수색대가 투입되었지만, 어떠한 사유도, 정황도 찾지 못한 채 사건은 마무리되었다. 하지만, 교회 건물 지하에서 베이징 북동부의 다샨쯔

(Dashanzi) 지역으로 향하는 비밀 터널이 발견되었으며, 비밀 터널의 목적은 밝혀지지 않았다고 한다.

어느 날, 교회 옆 건물 지하에서 건설 작업을 하던 3명의 노동자는 작업을 마친 뒤 회식을 가졌다. 술을 많이 마신 그들은 괴이한 소문이 떠도는 차오네이 81번 교회의 지하와 자신들이 있는 곳이 가깝다는 사실을 알고 구멍을 뚫어보기로 했다. 이후, 차오네이 81번 교회와 노동자들이 작업을 하던 건물의 지하 사이에는 큰 구멍이 생겼다고 알려졌다. 그러나 노동자 3명의 행방은 오리무중이다.

† † †

베이징 차오네이 81번 교회

차오네이 81번 교회의 괴담은 워낙 유명해서인지 2014년 중국에서 <죽지 않는 집(The house that never dies)>이라는 영화로 만들어지기도 했다. 개봉 후 실제 장소를 방문하기 위해 교회에는 인파가 몰려들었다. 워낙 많이 모여드는 인파들로 인해, 정부 당국은 방문할 수 있는 인원을 제한하였고, 2016년 건물 전체를 리모델링하여 현재는 임대를 주고 있다.

리모델링을 했다고는 하지만, 건물의 낡은 벽돌과 기

나긴 역사로부터 흘러나오는 으스스한 기운은 없어지지 않는다. 건물 앞을 지나는 사람들은 여전히 의문의 여성이 창문에 지나다니는 것을 목격한다.

베이징 375번 버스의 불길한 탑승객

베이징대학교와 칭화대학교를 지나는 375번 버스에는 기이한 괴담이 전해 내려온다.

1990년, 375번 버스가 지나다니던 지역은 베이징의 교외 지역이었으며, 저녁 8시 이후가 되면 거리에는 행인들이 거의 없었다. 1995년 11월 어느 날, 나이든 여성 메이치(美琪)는 375번 버스에 탑승했다. 메이치가 자리에 앉아서 보니, 버스 안에는 운전사와 버스 안내양 그리고 젊은 청년이었던 후이펀(明哲)이 앉아 있었다. 버스가 두 정거장을 지나쳤고, 그동안 신혼부부 2명과 노인 1명, 총 3명의 승객을 태웠다. 하지만, 신기하게도 3명의 승객은 과거 청나라 시대에 입었던 전통 의복을 입고 있었다. 머리는 변발을 하고 있었고, 얼굴에는 부자연스러울 정도로 하얀 파우더가 발라져 있었다. 승객들은 기이한 옷차림새를 한 사람들을 보고 놀랐지만, 이내 그럴 수도 있다는 듯이 납득했다. 왜냐하면, 당시 중국 전역에는 사극 드라마들이 인기를 끌고 있었기 때문이었다. 사람들은 청나라 전통 의복을 입은 사람들이 드라마에 출연하는 배우들이라고 생각했다. 한참을 그렇게 달리던 버스 내에서 갑자기 비명이 들렸다.

"도둑이야! 누가 내 지갑을 훔쳐갔어!"

메이치는 당황한 기색을 내보이며 누군가가 자신의 지갑을 훔쳐갔다고 고래고래 소리를 지르기 시작했다. 메이치는 운전사에게 당장 버스를 멈춰달라고 부탁했고, 경찰을 부르겠다며 난동을 피웠다. 메이치는 자신이 처음에 버스에 탔을 때, 후이펀이 타고 있었던 것을 미루어보아 후이펀이 범인이라 확신하며 그를 버스 밖으로 끌어냈다. 후이펀은 밖으로 끌려나가면서 억울했지만, 워낙 소란을 피우는 메이치를 차마 말릴 수 없었고, 함께 버스 밖으로 내렸다. 밖에 내리자마자, 후이펀은 메이치를 향해 화를 내려 했다. 그 순간 메이치는 후이펀에게 말했다.

"많이 당황했지 젊은이? 미안하네. 하지만, 나는 방금 자네의 목숨을 구했다네!"

후이펀은 갑작스러운 메이치의 말에 당황했다. 이내 메이치는 말을 이었다.

"자네도 청나라 시대 전통 의복을 입은 3명의 승객을 봤지? 그들은 사람이 아닐세. 귀신이야. 내가 두 눈으로 똑똑히 봤네. 그들이 버스에 오를 때, 옷 사이로 다리가 보이지 않았어!"

심상치 않음을 느낀 후이펀과 메이치는 그 길로 바로 경찰서로 향했다. 경찰서에서 두 사람은 자신들이 귀신을 태운 버스를 탔고, 분명 그 버스에 불길한 일이 생겼을 것이라 말했다. 하지만, 이를 들은 경찰들은 그들을 그저 정신이상자로 취급하며 집으로 돌려보냈다.

다음 날, 375번 버스는 종점에 들어오지 않았고, 해당 건과 관련해서도 경찰서에 신고가 접수되었다. 경찰 당국은 375번 버스의 경로를 따라가며 버스를 수색했지만, 버스는 발견되지 않았다. 3일이 지난 뒤, 버스는 종점에서 100㎞ 정도 떨어진 한 호수에서 발견되었다. 버스 안에서는 운전사와 안내양의 익사체가 발견되었다.

하지만, 이상한 점은 버스가 종점에서 100㎞ 정도 떨어진 호수까지 이동할 만큼 연료를 실지 못한다는 점이었다. 이를 이상하게 여긴 경찰은 버스의 연료통을 확인해 보았고, 경악스럽게도 연료통 안은 검붉은 피로 가득 차 피비린내가 진동하고 있었다. 또한, 사고가 발생하기 전 375번 버스에 탄 3명의 승객의 흔적을 어디에서도 찾아볼 수 없었으며, 아직까지도 그들의 정체는 밝혀지지 않았다고 한다.

신하이 터널로 가는 손님

대만에 사는 택시 기사 웨이(偉)는 비가 오는 밤 자정쯤 도시 쪽에서 한 젊은 여성을 태웠다.

"어디로 모실까요?"

"혹시 신하이 터널 아시나요?"

"아… 알죠…. 그쪽으로 가세요…?"

"네. 신하이 터널을 지나면 바로 5분 거리에 저희 집이 있거든요."

"아… 그렇군요… 근데 거기…."

"혹시나 귀신이 나온다는 소문 때문에 신하이 터널 지나시는 게 좀 꺼려지시면 제가 돈을 좀 더 얹어드릴게요."

여성의 목적지는 신하이 터널을 지나 5분 정도 되는 거리였다. 평소 귀신이 나온다는 소문 때문에 웨이는 꺼림칙했지만, 승객이 돈을 좀 더 얹어준다는 말에 신하이 터널로 향했다.

웨이는 신하이 터널을 지나는 내내 긴장을 했다. 하지만, 웨이는 무사히 터널을 지날 수 있었고 긴장감이 풀렸다. 웨이는 귀신이 나온다는 소문 때문에 늦은 밤 여성의 승차를 거절하려고 했던 것에 미안한 마음이 들었고, 여성에게 말을 걸기 시작했다.

"신하이 터널에 귀신이 나온다는 소문이 있는데. 그 근처에 사시면 안 무서우세요? 저는 너무 무서울 것 같은데."

"……."

어색한 분위기를 깨보려 웨이는 몇 마디 말을 건넸지만, 여성은 아무런 대답이 없었다. 웨이는 의아했지만 여성이 피곤하다고 생각했고 이내 한 낡은 집 앞에 택시를 세운다. 정차하기가 무섭게 여성은 아무 말도 없이 문을 열고 내려 집 안으로 뛰어 들어갔다.

'뭐야. 돈도 안 주고 저렇게 집으로 들어간단 말이야?

아까는 나한테 뭐 돈을 더 얹어준다고 하더니 참나. 아니면 돈을 가지러 간 건가?'

한참을 기다려도 여성은 나오지 않았고, 이상하게 생각한 웨이는 여성이 들어간 낡은 집으로 향했다. 웨이는 문을 두드렸고, 집 안에서 한 노인이 나왔다.

"혹시 여기 한 젊은 여자가 들어가지 않았나요? 제가 그분을 여기까지 태워드렸는데 저한테 돈을 주지도 않고 그냥 이 집으로 들어가서요."

노인은 웨이의 말을 듣더니 미안한 표정으로 사진 한 장을 가져왔다.

"죄송합니다. 혹시 아까 태운 승객이 이 사람 맞나요?"

웨이는 노인이 내민 사진을 보았고, 사진에는 자신이 태웠던 젊은 여성이 밝게 웃고 있었다.

"맞아요! 근데 어떻게 사진을…."

"죄송합니다. 이 아이는 사실 제 딸입니다. 3년 전 터널 반대편에서 교통사고로 사망했는데요. 매년 자신이 죽은 날이 되면 이렇게 집을 찾아온답니다. 딸 아이가 지불하지 못한 돈은 제가 대신 지불하겠습니다."

웨이는 어안이 벙벙했고, 문틈 사이로 제사상이 차려져 있는 것이 보였다. 제사상 위에 놓인 영정 사진 역시 웨이가 태우고 온 여성의 사진이었다. 웨이는 노인의 사정을 알고 노인이 건네주는 돈을 사양한 채 서둘러 집으로 돌아갔다. 하지만 웨이는 신하이 터널을 통하지 않고, 3시간가량 더 걸리는 다른 길을 통해 집으로 향했다.

† † †

대만 타이베이의 신하이 터널

신하이 터널은 대만 타이베이 원산구에 위치한 긴 터널로, 가장 오래된 터널 중 하나이다. 신하이 터널은 인근 농촌 지역과 타이베이시를 잇는 중요한 역할을 한다. 하지만, 해당 지역은 지리적으로 험난하여 커브가 많고, 길이가 약 1,450m에 달해 충분한 조명이 설치되지 못한 탓에 어둠으로 인한 사고가 잦다.

특히, 두 지역 사이에는 유난히 이름 모를 묘지들이 많았다. 모든 묘지들을 파내고 터널을 짓기에는 공사 기간이 너무 오래 걸렸다. 따라서, 건설 업체는 묘지들을 무시하고 그냥 터널을 지었다. 그래서인지 귀신이 출몰한다는 소문이 자주 돌았다. 대부분의 택시 기사들은 밤에 신하이 터널로 가는 승객이 정말 사람인지 의심이 들 때가 많아 해당 터널로 가자는 승객은 정중하게 사양하는 것을 불문율로 여긴다.

중국 3대 악녀,

서태후의 망령

서태후는 후궁으로 일하다가 권력을 거머쥔 후, 1908년 사망할 때까지, 47년 동안 청나라를 통치했다. 그녀는 중국 역사상 3대 악녀 중 한 명으로 꼽힐 정도로, 무자비한 군주로 묘사된다. 이러한 서태후도 자신이 청나라를 영원히 다스릴 것이라 생각했지만, 결국 사치와 향락으로 인해 질병으로 생을 마감했다.

서태후는 아직 생에 미련을 버리지 못했던 걸까? 중국 청더(承德)에 위치한 윤샨 호텔에는 서태후의 귀신이 출몰한다는 목격담이 돈다. 윤샨 호텔이 설립되기 전, 해당 부지에는 거대한 정원이 있었다. 그녀가 사망한 이후 종종 중국 전통 의상을 입고 있는 서태후의 모습이 정원에서 목격되었다는 소문이 돌았다. 해당 정원은 평소에 서태후가 아꼈다거나, 자주 방문했다거나 하는 등 연관성이 없었기에 사람들은 그녀가 출몰하는 이유에 대해 더욱 알 수 없었다. 윤샨 호텔이 들어선 이후에도 여전히 동일한 복장으로 서태후 귀신은 출몰했다.

윤샨 호텔에는 서태후 귀신 이외에도 서양 의복을 입은 남자 귀신도 출몰한다. 하지만, 그 귀신은 서태후처럼 정체가 알려지지 않았다. 그 누구도 서양 의복을 입은 귀신의 정체를 알지 못한다. 다만, 귀신이 입고 있는 의복이 서태후가 살았던 시절의 서양 의복인 것으로 보아, 서태후와 동일 시대의 사람이었을 것이라는 것만 알 뿐이다. 그 이외에는 아무 정보가 없다. 특이한 점은 서양 의복을 입은 남자 귀신도 서태후 귀신이 출몰하는 층과 동일한 층에서 배회한다는 점이다. 서태후와 서양 의복을 입은 귀신은 어떤 상관관계라도 있는 것인가?

다행인 점은 살아생전 악명 높았던 서태후도, 정체불명의 서양 의복을 입은 귀신도 사람들에게 해코지를 한다는 사례는 아직 보고되지 않았다. 하지만, 중국 3대 악녀 중 한 명이었던 서태후의 귀신이 언제 당신에게 해코지를 할지 모르는 일이므로, 조심하는 편이 좋을 것이다.

† † †

서태후의 사진

중국의 수도인 베이징에서 북동쪽으로 자동차로 3시간 정도 달리면, 허베이성 청더에 도착한다. 청더에는 윤샤 호텔이라는 4성급 호텔이 있는데, 양쯔강이 내려다보이며, 약 220개의 객실을 보유한 옛 황실 휴양지이다. 하지만, 이 호텔은 서태후와 의문의 서양 의복을 입은 귀신이 등장하는 것으로 유명하다. 사람들은 고급스러운 건축물임에도 귀신이 등장한다는 소문에 호텔의 이미지에 타격이 있을 것이라 생각했지만, 많은 사람들이 청나라를 다스렸던 서태후 귀신을 직접 보기 위해 일부러 윤샨 호텔을 찾는다.

"자네도 청나라 시대 전통 의복을 입은 3명의 승객을 봤지? 그들은 사람이 아닐세. 귀신이야. 내가 두 눈으로 똑똑히 봤네. 그들이 버스에 오를 때, 옷 사이로 다리가 보이지 않았어!"

"전신을 X-Ray로 찍었는데요,
뇌 속이 텅 빈 것으로 나왔어요."

어둠 속에 서린 저주의 그림자

뇌가 없는 살인범

1956년 어느 날, 경찰서에는 상하이 우닝 로드(Wuning Road) 린지아자이 37번지(Lin Jiazhai No.37)에 위치한 주택에서 살인 사건이 벌어졌다는 신고가 접수되었다. 신고를 받자마자, 경찰이었던 이즈어(奕泽)는 살인현장으로 출동했다. 이즈어가 현장에서 처음으로 발견한 것은 방 안 전체에 흩뿌려진 검붉은 핏자국이었다. 현장에는 아무도 없었으며, 아마도 살인범이 살인을 저지른 뒤, 시체를 다른 곳으로 운반했다고 이즈어는 생각했다. 그는 한동안 주변 일대를 수색했지만, 시체를 비롯한 그 어떤 증거도 발견하지 못했다. 이즈어는 현장 상황을 본부에 보고한 뒤 추가 조사를 위해 사건 현장을 폐쇄했다.

하지만, 한 달 뒤, 기묘한 내용의 신고가 접수되었다.

"안녕하세요. 저는 린지아자이 37번지 주변에 살고 있는 이웃인데요. 그… 얼마 전에 살인 사건이 났었잖아요?

근데 이곳에 문이 열려 있는데, 혹시나 해서 신고 드렸어요. 제가 알기론 지금까지 문이 쭉 닫혀 있었거든요."

이즈어는 이웃 주민으로부터 살인 사건이 벌어졌던 주택 문이 열려 있다는 신고를 받았다. 그는 혹시나 살인범이 현장을 방문한 것일 수도 있겠다는 생각과 함께 현장으로 출동했다.

이웃 주민의 신고대로 주택의 정문은 열려 있었다. 이즈어는 혹시라도 범인이 있을까 하여 몰래 집 안으로 잠입했다. 이즈어가 주택에 잠입한 뒤 얼마 지나지 않아, 어디선가 아이들의 웃음소리가 들려왔다.

"까르르르. 하하하하."

갑자기 들려오는 아이들의 웃음소리에 이즈어의 촉각은 곤두섰다. 그는 2층으로 숨을 죽인 채 올라갔다. 2층에 도착한 이즈어는 조심스레 방들을 살펴보았다. 모든 방은 살인 사건이 발생했던 한 달 전과 똑같은 모습으로 텅 비어 있었다. 결국, 이렇다 할 만한 증거는 발견되지 않았다. 이즈어는 주택을 나서며 문을 굳게 걸어 잠갔다.

이후, 몇 번의 비슷한 신고가 있었지만 매번 그 어떤 증거도 발견하지 못했다.

이즈어는 3년간 해당 살인 사건을 조사했지만 도저히 갈피를 잡을 수 없었고, 결국 행정 당국은 방치된 주택을 철거하기로 결정했다. 주택을 철거하던 당일, 철거팀은 무엇인가를 발견했다.

"이즈어 형사님! 이쪽으로 와보십시오!"

철거팀은 급하게 이즈어를 불렀다. 바로, 그토록 이즈어가 찾아 헤매던 살인 사건의 결정적인 증거, 시체가 발견된 것이다. 바닥 철거를 진행하던 중, 작업자는 지하에서 3m 깊이의 물탱크를 발견했다. 물탱크 안에는 3구의 시신이 있었는데, 신원 조회 결과 예샹궈(野生国)라는 사람의 부인과 그의 자녀 2명이었다. 이즈어는 예샹궈를 부인과 자녀들을 살해한 뒤 물탱크에 유기한 강력한 용의

자로 특정했다.

시체를 발견한 직후, 예샹궈를 잡기 위해 경찰은 전국에 수배 전단을 배포했고, 2주가 채 지나지 않아 예샹궈는 체포되었다. 하지만, 이즈어는 예샹궈를 잡았을 때, 뭔가 이상한 점을 느꼈다. 그는 한 허름한 모텔에서 발견이 되었는데, 경찰이 자신을 잡으러 왔는데도 어떤 놀란 기색도 없었으며, 저항도 하지 않은 채 허공만을 멍하니 응시하고 있었다. 경찰서에서 조사를 받는 중에도 어떠한 질문에도 대답하지 않았으며, 눈동자의 초점도 없이 입을 벌린 채 넋을 놓고 있었다. 이즈어는 뭔가 이상함을 느꼈고 예샹궈를 병원으로 보내 의료 검진을 받도록 했다.

검진 후, 의사는 이즈어에게 놀라운 결과를 들려주었다.

“예샹궈 씨의 전신을 X-Ray로 찍었는데요, 뇌 속이 텅 빈 것으로 나왔어요. 너무 이상해서, 추가 검사를 위해 MRI도 찍어보았는데 역시나 텅 비어 있었죠. 한마디로, 예샹궈 씨는 지금 뇌가 없는 상태입니다.”

상하이 우닝 로드의 아파트 전경

뒤를 돌아보던
눈이 없는 소년

홍콩에 사는 회사원 보원(博文)은 늦은 밤 야근이 끝난 뒤 집으로 돌아가기 위해 툰먼 로드(Tuen Mun Road)를 지나고 있었다. 운전을 하던 중, 앞에 차량 한 대가 지나고 있는 것을 보았는데, 소년이 뒷좌석에서 자신을 바라보고 있었다. 보원은 소년이 운전자의 가족일 것이라 생각하고 별생각 없이 운전을 했다. 곧이어, 보원의 차와 앞차의 간격이 좁아지자 앞 차량에서 자신을 보고 있던 소년의 모습이 보다 선명하게 보였다.

그 순간!

보원은 온몸에 소름이 돋았다. 자신을 바라보고 있던 소년은 죽은 사람처럼 비정상적일 정도로 창백한 얼굴 피부를 갖고 있었다. 그뿐만이 아니었다. 소년의 얼굴에는 눈이 없었고 눈이 없는 자리에는 피가 흐르고 있었다.

보원은 너무 무서웠지만, 자신이 최근에 야근을 너무 많이 한 탓에 헛것을 보는 모양이라고 생각했다. 보원은 잠시 진정하기 위해 갓길에 차를 세우고 잠시 눈을 감았다.

'그래. 설마 귀신이겠어? 요새 내가 너무 야근을 많이 해서 나도 모르게 스트레스를 받았나 보지. 헛것이지, 암 그럼.'

보원은 한동안 휴식을 취한 뒤 다시 출발했다. 10분 정도 지났을까. 낯익은 자동차가 보원의 눈앞에 보였다. 방금 전 흉한 몰골의 소년이 타고 있던 그 차였다. 보원은 긴장되었지만, 마음을 가다듬고 그 차를 천천히 앞질렀다. 보원은 옆 차로 시선을 천천히 돌렸다. 하지만, 이번에는 소년이 보이지 않았다.

'아 역시… 내가 요새 너무 야근을 많이 했어. 피곤하니까 별 게 다 보이네.'

역시 보원은 헛것을 보았던 것일까. 차량에서 아무것도 보이지 않자 보원은 안심했다. 그 순간 뒤차가 헤드라이트를 깜빡이며, 자신에게 경적을 울리는 소리를 들었다. 보원은 백미러로 뒤차를 확인했다. 보원의 눈에는 백미러로 비친 뒤차의 모습이 아닌 뒷좌석에 앉아 있는 눈이 없는 소년이 보였다.

"아저씨. 제 눈 봤어요?"

보원은 바로 그 자리에서 기절하였다. 그가 운전하고 있던 차는 그대로 낭떠러지에 떨어졌고, 보원은 그 자리에서 즉사했다.

† † †

툰먼 로드의 전경

홍콩에는 많은 고속도로들이 있는데, 그중 툰먼 로드는 1978년에 개통된 홍콩 최초의 고속도로이다. 길이는 20㎞에 달하며 홍콩의 툰먼(Tuen Mun)과 추엔완(Tsuen Wan) 두 지역을 연결하는 도로다. 특히, 툰먼 로드는 해안을 따라 구불구불 나 있는 길과 가파른 지형 때문인지 교통 체증이 심한 것으로 악명이 높다. 하지만, 교통 체증뿐만 아니라 해당 도로에서는 유난히 교통사고가 많이 발생하여 귀신이 들렸다는 소문이 있는 도로이기도 하다.

툰먼 로드에서는 40년이 넘는 기간 동안 수백 건의 교통사고와 여러 명의 사망자가 발생했다. 특히, 2003년에는 버스가 툰먼 로드를 지나던 중 반대쪽에서 오던 화물차와 충돌하여 다리에서 떨어졌고, 버스에 타고 있던 21명의 승객이 전원이 사망한 사건도 있었다.

툰먼 로드에서 유난히 사고가 많이 발생하는 것은 험한 지형 때문이라는 얘기도 있다. 하지만, 교통사고를 당한 당사자들은 공통적으로 의문의 형체가 앞차에 타고 있었다거나, 그 형체가 갑자기 달리는 자동차로 뛰어들었다는 등의 증언들을 한 것으로 전해진다.

툰먼 로드에는 정말 교통사고를 유발하는 초자연적인 존재가 있는 것일까? 밤에 툰먼 로드를 지나려는 운전자들이 있다면 조심하는 편이 좋을 것이다.

광저우의 자살 쇼핑몰

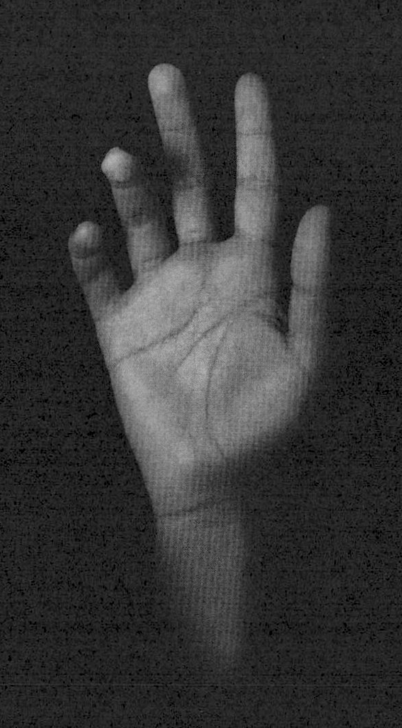

광저우 번화가에 위치한 화림사역 근처에는 리완 플라자라는 쇼핑몰이 있다. 이 쇼핑몰에서는 소름 끼치는 일이 벌어져왔다.

리완 플라자는 1997년 완공되었다. 화려한 쇼핑몰로 자리매김하는 듯했으나, 2004년부터 많은 사람들이 이곳에서 자살하거나 사망하는 비극적인 사건들이 발생했다. 사람들은 쇼핑몰의 이름 때문에 저주를 받은 것이라 말했다. 리완 플라자 건물 정면에는 쇼핑몰의 이름이 중국어로 '荔湾广场(리완광장)'이라고 쓰여 있다. 광장을 뜻하는 한자 '广'이 시체를 의미하는 한자인 '尸'를 닮아 있어 이로 인해 저주를 받았다는 것이다. 시체를 의미하는 한자를 리완 플라자에 쓰인 글자에 대입하여 해석하면 '리완 시체 광장'이라는 소름 돋는 뜻이 되기 때문이다.

리완 플라자는 완공되기까지의 과정도 매우 험난했다. 완공되기까지는 총 6명의 개발업자들이 있었다. 1993년부터 시작된 건설 과정에서 첫 번째부터 다섯 번째까지의 개발업자들은 모두 험한 죽음을 당해야 했다. 하지만, 5명의 개발업자들도 해당 건물을 짓기 위해 많은 악행을 했다. 건물을 짓기 전 마을 사람들을 쫓기 위해 불을 지른다든지, 주민들에게 제대로 된 보상금을 지급하지 않았다든지, 중간에서 이주 비용을 횡령했다든지 등이 그 예시다.

특히, 다섯 번째 개발업자가 리완 플라자를 짓기 위해 기초 건축 작업을 했을 때, 총 8개의 이름 모를 관이 발견되었다. 하지만 그 관들은 정상적인 형태가 아니었으며, 이곳저곳이 부서져 안에서 썩어가던 시체가 드러나 있었다. 다섯 번째 개발업자는 심상치 않음을 깨닫고, 한 승려를 모셔왔다. 승려는 8개의 관을 보고 청나라 초기의 제사 의식에 따라 매장한 것으로 보인다고 했다. 묻힌 관들의 배열을 보았을 때, 땅이 지니고 있는 악한 기운을 막기 위해 의도적으로 배치한 것이라고 했다. 또한, 관들이 파헤쳐져 지상으로 드러나게 되면 관을 채울 최소 8명 이상의 희생자가 발생할 것이라 경고했다. 다섯 번째 개발업자는 불길한 소리를 하는 승려를 내쫓았고, 8개의 관을 화장터에 넘겨 화장하였다. 그 이후, 다섯 번째 개발업자는 원인 모를 사고로 사망하게 되었다.

무려 5번이나 공사가 연기된 리완 플라자는 완공되지 못한 채 남아 있을 뻔했으나, 대만 출신 여섯 번째 부동산 개발업자가 리완 플라자 공사를 인수받았다. 과거에 있었던 일을 잘 알고 있었던 여섯 번째 개발업자는 주술사를 모셔왔고, 거액을 줄 테니 건물을 완공할 수 있게만 도와달라고 했다. 주술사는 해당 장소에 방문하였고, 느껴지는 귀신들의 기운에 소름이 돋았다. 하지만, 며칠간의 종교의식을 통해 귀신들의 원한을 잠시 동안 잠재울 수 있었고, 결국 리완 플라자는 완공될 수 있었다. 한동안 근사한 쇼핑몰로 지역의 랜드마크가 되었지만, 평화는 오래가지 못했다.

주술사가 행했던 의식의 효력이 끝났던 것이었을까? 2004년부터 자살 및 살인 사건 등 흉흉한 사건들이 다수 발생하기 시작했다. 2004년 1월 14일, 쇼핑몰 내 한 가게의 주인이 감전 사고로 사망, 2004년 6월 건물 청소부에 의해 계단에서 버려진 신생아 시체 발견, 2004년 2월 14일, 7층에서 두 명의 소녀가 건물 밖으로 뛰어내려 자살, 2004년 10월 5층에서 60대 노인과 젊은 남성, 15층에서 20대 여성 등 총 3명이 건물 밖으로 뛰어내려 자살, 2008년 5층에서 25세 남성이 창문 밖으로 뛰어내려 자살, 2014년 12월 4일, 5층에서 뛰어내린 남성이 지나가던 행인과 충돌하여 모두 사망하는 등 이외에도 많은 사망 및 자살 사건이 리완 플라자에서 발생했다.

흉흉한 사건들뿐만 아니라, 리완 플라자에 입주한 가게들도 하나같이 장사가 잘되지 않는다며 하소연했다. 또한, 느낌 탓인지는 모르겠지만 한여름에도 에어컨을 틀지 않아도 생활을 할 만큼 건물 내에는 이유 모를 냉기가 돈다고 했다. 쇼핑몰을 이용하던 고객들 중 일부는 무엇에 홀린 듯 시야가 뿌옇게 변하더니, 정신을 차리고 보니 난간에 몸을 던지려는 스스로를 발견할 수 있었다는 증언도 잇달았다.

여전히 리완 플라자에서는 미스터리한 일들이 벌어지고 있으며, 누구도 이러한 현상들의 원인을 잘 알지 못한다.

자살 쇼핑몰로 알려진 리완 플라자

사이쿵 반도의 실종 지대

홍콩 외곽의 사이쿵(Sai Kung) 반도 북동쪽에는 미스터리한 지역이 있다. 이곳에는 의문의 실종 사건들이 유난히 자주 발생하며, 방문한 적이 있는 사람들은 마치 다른 차원으로 통하는 문이 존재하는 장소 같다고 말한다.

2005년 어느 날, 경찰관 즈모(子墨)는 휴일을 맞아 팍탐청(Pak Tam Chung) 근처에서 여유롭게 시간을 보내고 있었다. 하지만, 어느 순간부터 자신이 길을 잃었다는 사실을 깨달았다. 즈모는 경찰이었기에, 길을 잃었을 때의 매뉴얼을 잘 알고 있었다. 즈모는 구조대에 전화하여 자신이 있는 장소의 구체적인 좌표를 말해주었다. 얼마 뒤, 구조대는 즈모가 말해준 장소에 도착했지만, 즈모를 찾을 수 없자 다시 전화를 걸었다.

"여보세요? 신고자 맞으시죠? 혹시 지금 어디 계세요?"

"저 아까 말씀드린 좌표에 그대로 앉아 있습니다."

"어… 저희가 지금 찾을 수가 없는데요…. 일단 조금 더 주변을 살펴보겠습니다. 다시 전화드리겠습니다."

1시간 정도 지났을까. 구조대는 몇 번을 즈모와 전화통화를 하며, 인근을 수색했지만 어느 순간부터 즈모와 전화 연결이 되지 않았다. 그렇게 해는 저물게 되었다. 결국, 구조대는 즈모를 찾지 못하였다.

† † †

한 달 후, 4명의 등산객이 청샌드(Cheung Shand)에서 출발하여, 즈모가 실종된 팍탐청 지역을 지나고 있었다. 그들은 고된 등산에 지쳐 등산로 옆에 있던 쉼터에서 휴식을 취하고 있었다. 휴식을 취하던 그들은 자신들이 어디쯤 왔는지 위치를 확인했다. 하지만, 도저히 현재 위치를 가늠할 수 없었다. 결국 구조대에 구조 요청을 했다. 하지만 출동한 구조대는 이번에도 등산객들을 찾는 데 실패했다. 결국, 4명의 등산객도 연락 두절된 채 실종되었다.

구조대는 낙담하였다. 정말 소문대로 다른 차원으로 통하는 문이 있는 것일까? 동일한 지역에서 실종 사건이 자주 일어나는 것으로 보아 그 지역에 무언가 이상한 점이 있다고 판단했다. 이후, 인근 지역을 지나는 사람들이 사고를 당하지 않도록, 실종에 주의하라는 팻말을 세워두곤 했다.

† † †

5년 뒤, 2009년에도 팍탐청 지역에서 버스 운전사 한 명이 길을 잃었다는 신고가 구조대에 접수되었다. 2005년 일어났던 실종 사건을 기억하며, 구조대는 재빨리 해당 지역으로 달려갔다. 하지만 이번에도 역시 팍탐청으로 가는 길 중간에 버스 운전자와 연락이 끊기며 실종자의 행방은 오리무중이 되었다. 구조대는 일부 소지품을 현장에서 발견하였지만, 옷가지 등뿐이었다. 구조대는 실종 사실을 가족들에게 알렸다. 가족들은 답답한 마음에 휴대폰으로 전화를 걸어보았고, 그 순간 수화기 너머로 누군가의 목소리가 들렸다.

"여보세요?"

"여보세요? 여보 어디야?! 왜 이렇게 연락이 안 되었던 거야?"

"아… 저는요. 스탠리 해변에서 낚시를 하고 있었는데요. 물에서 막 휴대폰을 건졌어요. 근데 갑자기 벨소리가 울려서 전화를 받은 겁니다."

가족들은 매우 당황하였다. 전화 너머로 들리는 목소리의 사람은 팍탐청에서 자동차로 약 1시간 거리에 떨어져 있는 스탠리(Stanley) 해변에서 낚시를 하다가 휴대폰을 건졌다는 것이었다. 경찰과 가족들은 스탠리 해변으로 가서 휴대폰을 가져왔지만, 그 이외에는 어떠한 중요한 단서를 찾지 못했다.

실종자의 휴대폰은 어떻게 자동차로 1시간 거리에 떨어진 곳에서 발견되었던 걸까? 현재까지도 팍탐청 지역에서는 의문의 실종 신고가 계속해서 접수되고 있다.

홍콩 사이쿵 반도의 전경

헬로키티 살인 사건

중국 소녀 판미니(Fan Man-yee)는 1976년 중국 광둥 지역의 선전(Shen Zhen)이라는 도시에서 태어났다. 하지만, 그녀의 어린 시절은 그리 행복하지 않았다. 판미니는 경제적으로 형편이 좋지 못했던 부모에게 버려졌다. 이후, 마 타우 와이(Ma Tau Wai) 지역의 여아들을 위한 고아원에서 자랐다. 그녀는 15살이 되던 해에 나이 제한으로 고아원을 나왔고, 오갈 곳이 없던 판미니는 길거리에서 매춘부로 몸을 팔며 마약에 중독되는 등 어두운 삶을 살았다. 그러던 중, 1996년 그녀의 고객 중 한 명과 결혼을 해 자식도 낳으며 가정을 꾸렸다.

판미니는 아들을 낳고 가정을 꾸렸지만, 그녀의 삶은 여전히 행복과는 거리가 멀었다. 그녀의 남편은 매일 그녀와 아들에게 폭력을 휘둘렀다. 그녀가 살던 몽콕의 아파트에서는 판미니의 집에서 나는 고성과 폭언, 울음소리로 인해 주변 이웃들의 불만이 많았다.

판미니는 폭행을 일삼는 남편을 뒤로하고 생계를 이어가기 위해 다시 매춘 업소에 나갔다. 어느 날, 찬만록(Chan Man-lok)이라는 남자가 판미니를 찾아왔다. 그는 판미니를 맘에 들어했고 그녀의 단골손님이 되었다. 하지만, 찬만록은 중국 폭력 조직인 삼합회의 일원으로 매우 포악한 인물이었다. 하루는 현금이 너무 부족했던 판미니는 찬만록과 함께 시간을 보낸 뒤, 그의 지갑에 있는 현금 약 4,000HKD(한화로 약 50만 원)을 훔쳤다. 이를 눈치챈 찬만록은 분노하여 판미니에게 수수료를 포함하여 훔친 돈의 2배가 넘는 약 10,000HKD(한화로 약 120만 원)을 갚으라고 경고했다.

당장 갚을 돈이 없었던 판미니는 매춘 업소에서 더 많은 손님을 받을 수밖에 없었다. 자신의 돈을 빨리 갚지 않는 것에 분노한 찬만록은 자신과 같은 조직에서 일하던 리앙와이룬(Leung Wai-lun), 리앙쉉초(Leung Shing-cho)와 함께 그녀를 홍콩 침사추이(Tsim Sha Tsui)의 한 아파트로 납치한다. 현장에는 찬만록의 일당들 외에도 찬만록의 여자친구인 아퐁(Ah Fong)도 있었다.

이곳에서 그들이 판미니에게 한 짓은 말로 형용할 수 없이 잔인했다. 그녀는 아파트에 감금된 동안 끊임없는 강간을 당했으며 쇠몽둥이로 맞는 것은 기본이며, 인간 샌드백이 되었다. 일당들은 판미니의 머리를 50회 이상 구타하거나, 상처에 매운 향신료를 들이붓고, 양초를 피부에 떨어뜨리는 등 심각한 고문을 자행했다. 결국, 1999년 4월의 어느 날, 극단적인 고문에 지친 판미니는 구타를 당하던 중 사망했다. 찬만록을 비롯한 범죄자들은 판미니가 죽자 죄책감을 느끼기는커녕 판미니의 시체를 토막 냈고, 그녀의 두개골을 헬로키티 인형 안에 넣어 봉합했다. 나머지 신체 부위는 곳곳에 버려졌다.

한동안 찬만록과 그의 일당들은 잘 지내는 듯했다. 하지만, 찬만록의 여자 친구였던 아퐁의 꿈에 판미니가 잔인하게 살해당한 모습으로 계속해서 등장했다. 아퐁은 죄책감을 참지 못하고 판미니를 살인한 사건에 대해 자수했다. 이후, 경찰은 판미니가 살해당한 아파트로 출동했다. 현장에서 헬로키티 인형 속의 두개골과 내부 장기를 담은 몇 개의 비닐봉지를 발견했다. 하지만 이후, 삼수

이포(sham shui Po), 완차이(Wan Chai), 타이콕추(Tai kok Tsui) 등에서 그녀의 나머지 신체 부위들이 발견되었다.

살인 사건이 알려진 이후 찬만록과 리앙와이룬, 리앙쉉초은 체포되었다. 더욱 충격적인 사실은, 찬만록은 체포당할 당시, 갓 태어난 아이를 키우고 있는 상태였다. 이들은 6주간의 긴 재판 끝에 종신형을 선고받았다. 하지만, 리앙쉉초는 2004년 종신형에서 18년형으로 감형이 되어 2014년 4월에 석방되었다. 그로부터 8년 뒤인 2022년 8월, 리앙쉉초는 10세 소녀를 성폭행한 혐의로 체포되어 다시 12개월의 징역형을 선고받았다.

3명의 살인범들은 감옥에서 잔인한 모습으로 나타나는 판미니의 악몽으로 인해 신경쇠약에 걸리기도 했다. 하지만, 그들이 한 짓에 비하면 악몽은 아무것도 아닐 것이다. 판미니의 억울한 혼령이 그들을 해치더라도 누구도 판미니를 비난하지 않을 것임을 장담한다.

살인 사건이 벌어졌던 그랑빌 로드 31번지 아파트

저주받은 종인빌딩

중국 선전(深圳)시 중심부에는 종인빌딩이라 불리는 큰 건물이 있는데, 건물 안에 귀신들이 돌아다닌다는 소문이 있다. 귀신들이 돈다는 소문 때문인지, 종인빌딩에 입주하는 회사들은 모두 사업이 실패해서 나가고, 그 때문에 월세도 매우 낮게 책정이 되어 있다고 한다.

사람들은 종인빌딩을 배회한다고 여겨지는 귀신들이 1960~1970년대 중국 문화대혁명 시기에 살았던 사람들일 것이라 추정한다. 바로, 문화대혁명 당시 전근대적인 문화와 자본주의를 타파하자는 명목하에 사람들을 처형했던 장소가 바로 종인빌딩이 지어진 곳이기 때문이다.

시간이 지나며, 놀라운 속도로 발전하던 중국 선전시에는 하루가 멀다 하고 고층 빌딩이 들어섰다. 현재 종인빌딩이 들어선 자리, 바로 수많은 사람들이 처형당했던 그 장소에도 부동산 개발업자들은 빌딩을 짓고 싶어 했다. 그 장소가 워낙 중심지였기 때문이었다. 하지만 사람들을 처형하던 장소였던 땅 위에 건물을 짓는 것이 부동산 개발업자들은 영 꺼림칙했다. 따라서, 무당을 불러 해당 장소에 고층 건물을 짓고 싶은데 원혼을 달래줄 수 있는 방법을 알려달라고 했다. 무당은 땅을 살피더니, 원혼을 달래주는 건물을 지으려면 건물의 모양을 촛불 2개가 서 있는 모양으로 설계해야 하며, 창문의 색깔은 촛불에 불이 켜져 있는 듯한 분위기를 내는 장밋빛으로 만들어야 한다고 조언했다.

이 조언을 들은 부동산 개발업자들은 무당의 말대로 건물을 디자인하여 오늘날의 종인빌딩을 만들었다. 하지만, 불이 켜진 촛불 모양의 건물도 원한이 맺힌 귀신들을 위로해줄 수는 없었을까? 종인빌딩이 설립된 이후에도 계속해서 귀신들을 보았다는 목격자들이 증언들이 이어졌으며, 입주 업체의 대부분은 파산하는 등 불길한 일들이 계속되었다.

† † †

귀신을 보았다는 목격자들의 증언을 살펴보면, 단순히 흉측한 귀신의 모습을 보았다는 의견을 넘어 환상을 경험한다고도 말한다.

종인빌딩에 입주한 무역 회사에 다니던 슈레이(石磊)는 야근을 하다가 배가 너무 고파서 국수 배달을 시켰다. 하지만, 자신이 배달을 시킨 지 3분도 채 지나지 않아 배달부가 도착해 국수를 가져왔다. 슈레이는 의아하게 생각했지만, 너무 배가 고팠던 나머지 배달원이 건네준 국수를 받아 바로 먹었다. 맛있게 먹은 뒤, 포만감을 느끼며 행복하게 의자에 앉아 있던 찰나, 배달원이 도착하여 국수를 가져왔다.

"네? 국수는 이미 받았는데…."

슈레이는 의아했지만, 일단 국수를 배달원에게서 받아 들고 자리로 돌아왔다. 하지만, 슈레이는 그 자리에서 구토를 했다. 바로, 자신이 국수인 줄 알고 먹었던 것은 구더기와 각종 해충들이 들끓는 그릇이었다.

종인빌딩에 근무하고 있는 대부분의 회사원들은 귀신을 쫓아낼 한 가지 방법을 알고 있다. 바로 불순물이 섞이지 않은 순수한 쇠로 만들어진 물체를 두들겨 쇳소리를 내는 것이다. 못이나 징과 같은 물체로 소리를 내면 환각증세나 눈앞에 보이는 귀신이 금세 사라진다고 한다.

그럼에도 불구하고 여전히 종인빌딩에는 좋지 않은 일들이 벌어지고 있으며, 사람들은 이곳에서 일하거나 사업을 하길 꺼린다고 한다. 종인빌딩의 불길한 일들은 정말 귀신들의 원혼 때문에 벌어지는 것일까?

촛불 모양으로 건축된 종인빌딩

죽음의 게스트하우스:

벨라 비스타 빌라

1989년 여름, 후이잉(慧颖)은 자신의 아들 즈한(梓涵)과 함께 벨라 비스타 빌라(Bella Vista Villa)를 방문했다. 후이잉은 홍콩의 제약 회사를 소유한 재벌가의 아내였지만, 남편의 복잡한 여자관계로 인해 별거하던 중이었다. 그러던 중, 남편이 자신을 속이고 내연녀와 함께 새로운 가정을 차린 것을 알게 되었고, 심각한 우울증에 빠진 후이잉은 자신의 아들 즈한과 함께 자살을 결심했다. 결국, 후이잉은 방갈로 안에서 아들 즈한을 목 졸라 살해한 뒤, 목을 매달아 자살로 생을 마감했다.

자살 사건이 있은 뒤 얼마 지나지 않아, 마을 사람들은 이상한 경험을 했다. 노인 지안위(建宇)는 동네사람들과 다같이 모여 식사를 하고 있었다. 즐겁게 식사를 하던 중, 지안위는 갑자기 목에 음식물이 걸려 기침을 시작했다. 주변의 도움으로 목에 걸린 음식물을 겨우 꺼낼 수 있었다. 잠시 후 안정이 된 지안위는 갑자기 자리에서 일어나

어린아이의 목소리로 사람들에게 말하기 시작했다.

"혹시 저희 엄마 못 봤어요?"

사람들은 순간 공포에 질렸다. 누가 들어도 10세 정도의 남자아이 목소리가 노인의 입을 통해 나오고 있었기 때문이었다.

"얼마 전에 엄마랑 벨라 비스타 빌라에 놀러 왔었는데요. 엄마를 잃어버렸어요. 엄마를 찾는 것을 도와주세요. 제발요."

마치 사라진 엄마를 찾아달라는 아이처럼 지안위는 흐느끼며 주변 사람들에게 도움을 청했다. 며칠 전 벌어졌던 자살 사건을 알고 있었던 동네 사람들은 엄마와 함께 세상을 떠난 아이의 영혼이 지안위의 몸에 빙의된 것이라는 것을 눈치챘다. 사람들은 지안위를 마치 어린아이 달래듯이 위로해주었다. 곧이어 몸에 힘이 빠진 듯 지안위는 기절하여 그 자리에서 쓰러졌다. 얼마 뒤, 지안위는 깨어났고 자신에게 일어난 일을 전혀 기억하지 못했다.

사람들은 억울한 영혼을 풀어주기 위해 도교 승려를 불러 종교의식을 치르도록 부탁했다. 종교의식으로 인해 위로가 되었던 걸까. 지안위의 몸을 통해 엄마를 찾던 아이의 영혼은 다시 나타나지 않았다.

하지만, 종교의식과는 별개로 벨라 비스타 빌라에는 현재까지 많은 사람들이 목숨을 잃는 비극이 벌어져왔다. 특히, 투숙객들은 의문의 빨간 옷을 입은 여성 귀신을 보았다고 하는데, 묘사를 들어보면 마치 목을 매달아 자살한 후이잉의 생김새와 비슷했다.

남편에게 배신을 당하고, 자신의 아이를 직접 살해한 뒤 세상을 떠난 후이잉은 한이 맺혀 이승에 남아 사람들의 영혼을 거둬가고 있는지도 모르겠다.

벨라 비스타 빌라의 외관

홍콩섬 남서쪽에는 아름다운 바다가 보이는 청차우(Cheung Chau) 섬이 있다. 이 섬에는 오래전 지어진 방갈로들이 모여 있는데, 바로 벨라 비스타 빌라 게스트하우스 건물들이다. 통완 비치(Tung Wan Beach)가 보이는 아름다운 주변 풍경과는 달리 벨라 비스타 빌라에는 흉흉한 소문이 떠돈다.

벨라 비스타 빌라가 지어진 지 약 30년이 넘는 기간 동안 방갈로에서는 20건 이상의 살인이나 자살 사건이 발생했다. 치정에 의한 살인사건, 삶을 비관한 자살 사건, 의문의 화재로 인한 사망 사고, 동반 자살 사건 등 홍콩과 중국의 다양한 지역에서 모여든 사람들이 벨라 비스타 빌라에서 비극적인 결말을 맞이하였다. 이러한 흉흉한 사건들 때문인지 방갈로에 머무는 사람들이 한밤중에 귀신을 보았다거나, 의문의 절규 소리를 들었다는 소문이 퍼졌다.

하지만, 사람들은 이런 비극적인 사건들의 시작은 벨라 비스타 빌라가 위치한 해변에서 자살한 후이잉으로부터 시작되었다고 말한다.

옌안 고가도로 용 기둥 전설

1995년 옌안 고가도로를 설립하고 있었을 당시, 현장 인부들은 고가도로를 받쳐주는 기둥을 세워야 했다. 이를 위해, 땅에 구멍을 뚫어야 했는데, 어떤 장비를 가져와도 제대로 구멍이 뚫리지 않았다. 이상하게 생각했던 인부들은 상부에 보고했고, 상부에서는 예사롭지 않은 일임을 눈치챘다. 더 이상 공사가 지연되는 것을 막기 위해 회사 관계자와 정부 당국은 풍수지리에 능한 전문가들을 불러 해결책을 제시하도록 의뢰했다. 하지만, 왜인지 모르게 전문가들은 위치를 듣더니 하나같이 그곳에 고가도로를 짓는 것은 불가능하다는 말만 반복할 뿐 해결책을 제시하지 못했다.

"죄송합니다. 그곳에는 그 어떤 건축물도 지어서는 안 됩니다."

답답한 마음에 한 절을 찾아간 회사 및 정부 관계자들은 스님 양(阳)에게 공사를 잘 마무리할 수 있는 방안을 찾게끔 도와달라고 절실히 부탁한다. 양은 심상치 않음을 느끼고 해당 장소로 가보았다. 양은 한동안 주변을 살펴본 뒤 공사가 진행될 수 있도록 도와주겠다고 했다. 하지만, 기둥은 반드시 자신이 말하는 디자인대로 설계되어야 한다고 전했다. 양이 제시한 설계 디자인은 웅장한 9마리의 용이 그려진 거대한 기둥이었다. 9마리의 용이 반드시 들어가야 하는 이유는 해당 장소가 상하이를 지키는 수호신이자 용 9마리가 머무는 둥지이기 때문이라며 말을 이었다.

"기둥을 설계할 때 반드시 기둥 겉면을 화려한 구리 장식의 9마리 용이 그려지도록 디자인을 해야 합니다. 내 말을 꼭 명심하세요. 이곳은 그냥 땅이 아니라 상하이를 지키는 9마리의 용들이 사는 둥지이기 때문이지요."

양은 공사가 시작되기 전 종교의식을 치렀다. 신기하

게도 종교의식을 치른 이후 인부들은 매우 쉽게 구멍을 뚫어 기둥을 세울 수 있었다. 이후 무사히 공사는 마무리 되었고, 사람들에게 공개될 수 있었다.

공사는 무사히 마무리되었지만, 기둥을 세울 수 있도록 도왔던 양은 공사가 마무리된 지 며칠 후 이유 없이 시름시름 앓다가 세상을 떠나게 되었다. 사람들은 양의 죽음에 대해, 상하이를 수호하는 9마리 용들이 머무는 비밀 장소를 사람들에게 알려준 죗값에 대한 벌이라고 말했다.

† † †

상하이 옌안 고가도로의 용 기둥

중국 상하이 대부분의 장소에는 항상 수많은 인파들로 붐빈다. 상하이에 위치한 옌안 고가도로도 마찬가지이다. 옌안 고가도로는 상하이의 동서를 가로지르는데, 세계에서 가장 복잡한 고가도로로 손꼽힐 정도로 매일 수백만 명의 사람들이 지나다니는 길이다.

옌안 고가도로는 1990년대에 설립되었다. 당시 옌안 고가도로 밑에 있는 '용 기둥'과 관련된 전설이 사람들 사이에서 널리 회자되었다. 용 기둥은 옌안 고가도로를 떠받치는 기둥들 중 하나이며, 기둥에는 구리로 된 화려한 9마리의 용무늬가 새겨져 있다. 이는 단지 웅장한 크기와 두께, 디자인 때문에 유명해진 것이 아니었다. 바로, 상하이를 수호하는 9마리 용이 사는 장소에 세워졌다는 소문 때문이었다.

스님이었던 양의 희생으로 오늘날에도 용 기둥은 옌안 고가도로를 튼튼하게 받치고 서 있다.

우캉 맨션의 죽음들

1924년 설립된 상하이의 우캉 맨션(Wukang Mansion)에는 유명한 연예인들을 비롯하여 문학, 미술 등의 작업을 하는 예술인과 지식인들이 많이 살았다. 1966년 전후 마오쩌둥은 문화대혁명을 일으키면서 우캉 맨션을 자신의 혁명에 반하는 사람들이 사는 곳이라 지정했다. 그리고, 연예인, 예술인, 지식인 등 맨션 내 사람들을 국가의 공식적인 적으로 지정하고 박해하였다. 이를 이겨내지 못한 사람들은 저항의 의미와 함께 몸을 던졌고, 수십 명이 우캉 맨션에서 투신했다.

특히, 우캉 맨션에는 샹관윤주(Shangguan Yunzhu)라는 당대 최고의 미녀 여배우가 살고 있었다. 마오쩌둥은 평소 샹관을 눈여겨보고 있었고, 자신의 보좌관을 보내 사적 만남을 지속적으로 요구했다. 그녀는 마오쩌둥의 요구가 맘에 들지 않았지만 거부할 수 없었기에 마오쩌둥과 은밀한 만남을 갖게 되었다. 하지만, 마오쩌둥의 부인이었던 장칭(江青)은 이 사실을 알고 격분하였고, 부하들을 샹관윤주에게 보내 납치한 뒤 고문과 폭행을 했다. 그리곤 마오쩌둥과의 관계에 대해 사실대로 말하라고 하였다. 샹관윤주가 정말 마오쩌둥과 내연 관계였는지, 그저 식사만 하는 친밀한 관계였는지는 알 수 없으나, 집착에 가까운 장칭의 악행으로 인해 결국 샹관윤주는 압박감을 이기지 못하고 1968년 11월 23일 새벽 3시 우캉 맨션에서 투신자살을 했다.

상하이 쉬후이에 위치한 우캉 맨션

상하이 쉬후이(Xuhui) 지역에 위치한 우캉 맨션은 1924년 슬로바키아 건축가 라스즐로 후덱(László Hudec)에 의해 설계되었다. 프랑스 르네상스 양식으로, 제1차 세계대전 당시 전함인 노르망디 전함을 기념하기 위해 전체적인 건물의 모습도 배의 형태를 띠고 있다. 이로 인해, 원래 건물의 이름은 노르망디 아파트로 불렸다. 하지만, 이 역사적인 아파트에는 귀신이 출몰하는 것으로 유명하다.

노르망디 아파트가 지어진 뒤, 1942년 상하이의 한 부유한 은행가의 딸이 전체 건물을 매입했다. 당시 상하이의 영화, 음악 등 엔터테인먼트 산업의 발전으로 인해 흔히 잘나가는 연예인들이 노르망디 아파트로 대거 이주하였다. 따라서, 당시 노르망디 아파트는 상하이에서 가장 핫한 곳으로 유명했다. 이후, 1953년 건물이 위치한 거리의 이름을 따서 우캉 맨션이라는 현재의 이름으로 바뀌었다.

영원히 화려한 아파트로 남을 것 같은 우캉 맨션은 1966년 마오쩌둥에 의해 시작된 문화대혁명 시기를 맞으면서 몰락했다.

죽음으로 얼룩진 역사를 갖고 있는 우캉 맨션을 새벽에 지나다 보면 많은 사람들은 마치 맨션에서 사람이 투신하는 듯한 환영을 자주 본다고 전해진다. 하지만, 막상 사람이 떨어진 장소에 가보면 아무것도 없다. 이는 억울하게 죽은 귀신들이 자신들의 고통을 알아달라고 부탁하는 마지막 절규가 아닐까.

명혼(冥婚): 영혼결혼식

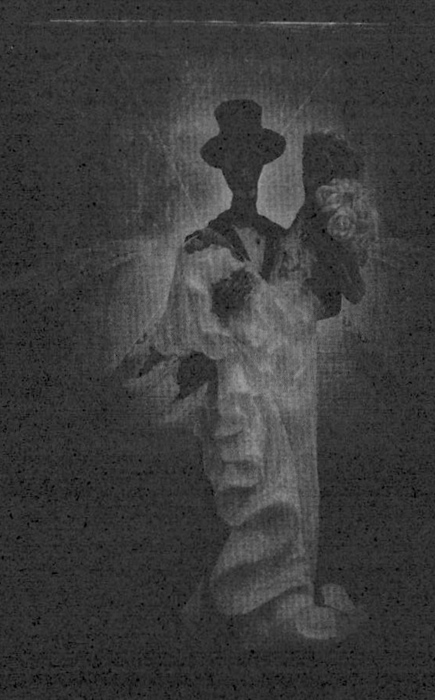

중국에는 살아생전 부부가 되지 않고 죽은 남녀의 결혼을 주선하는 소위 '영혼결혼식'이라는 전통이 있다. 결혼 당사자 중 한 명 또는 두 명 모두 사망한 경우, 영혼결혼식을 진행하는데, 이는 죽은 자가 사후 세계에서 홀로 떠돌지 않길 바라는 마음에서 진행하는 의식이다.

사실, 1949년 중국 공산당 정부에 의해 영혼결혼식은 공식적으로 금지되었지만, 결혼을 하지 못한 자가 홀로 구천을 떠돌게 되면, 이승의 사람들에게 해코지를 할 것이라는 믿음이 있기에, 암암리에 진행되는 경우가 많다. 특히, 형제 혹은 자매 중 윗사람이 먼저 사망하였을 경우, 아랫사람이 결혼을 하게 되면 부정을 타기에 영혼결혼식을 진행하기도 한다. 영혼결혼식은 미혼의 자식이 사망한 경우, 부모들끼리 협의하여 진행하는 경우가 일반적이다. 예를 들어, 죽은 자식이 꿈에 나타나 부모한테 외롭다며 결혼을 시켜달라고 요청하여 진행하는 경우도 있다.

영혼결혼식은 보통 신부 측 유골을 파내어 신랑 측 관 속에 같이 묻는 방식으로 진행이 된다. 이로 인해 유골을 도난당하는 경우도 꽤 발생한다. 특히, 영혼결혼식을 주선하는 브로커들은 유골을 일종의 물건처럼 판매하기 때문에 유골 도난이 발생한다.

2015년 중국 산시성의 마을에서 영혼결혼식을 목적으로 14구의 여성 시신을 도난당했다. 산시성에서는 2006년부터 시체 판매가 금지되었지만, 한 구에 최대 100,000위안 (한화 약 1,900만 원)에 당할 정도로 비싸기 때문에 도난 사건은 전문업자들의 소행으로 추정되었다. 유골의 가격은 뼈가 얼마나 온전하게 보존이 되어 있는지, 살아생전 얼마나 예뻤는지, 집안 배경은 어떠한지 등에 따라 천차만별이다.

죽은 유골을 도난하는 경우라면 그나마 다행이다. 2015년 내몽골의 한 브로커는 영혼결혼식에 참여할 여성의 유골을 찾는 가족에게 비싼 가격을 불렀고, 그 조건에 맞는 유골을 구하기 위해 실제 살아 있는 여성을 죽였다고 한다. 심지어, 자신이 죽인 여성이 맘에 들지 않자 몇

명의 여성을 더 죽였다고 한다.

유골을 통해 죽은 자들끼리 결혼식을 올리는 것도 소름 돋지만, 더욱 소름 돋는 것은, 바로 죽은 사람과 산 사람을 결혼시키는 일이다. 이러한 결혼은 대만에서 종종 이루어진다.

사실, 죽은 사람과 결혼하고 싶은 사람이 어디 있겠는가? 대만에서는 보통 죽은 여성의 가족이 죽은 여성의 머리카락과 손톱, 그리고 현금이 들어 있는 빨간 봉투를 길거리에 놓고 남자가 지나가길 기다린다. 그러다가 남자가 빨간 봉투를 줍게 되면 그 남자는 바로 죽은 여성의 결혼 상대자가 되는 것이다. 가족은 남자에게 다가가 자초지종을 설명하게 되는데, 여기에서 남자가 결혼을 거부하면 불운을 겪는다고 알려져 있다. 따라서, 영혼결혼식을 거부하기는 쉽지 않다. 물론, 남성은 추후 살아 있는 여성과 결혼을 하도록 허락이 되긴 하지만, 어찌 되었든 첫 번째 부인은 죽은 여성이 되는 것이다. 죽은 사람과 결혼을 한다고 생각하면 영혼결혼식은 썩 기분 좋은 일은 아닌 것 같다.

소꼬리 수프 이야기

홍콩의 전통 수프에는 매우 다양한 종류가 있다. 그중 소꼬리 수프는 맛있고 건강에도 좋기로 유명하다. 하지만, 홍콩중문대학교(Chinese University of Hong Kong)에는 소꼬리 수프와 관련된 무서운 이야기가 전해 내려온다.

홍콩중문대학교를 다니던 한 남학생 즈루이(梓睿)는 공동 기숙사 1층에 살고 있었다. 즈루이에게는 여자 친구 커신(可欣)이 있었다. 그녀는 즈루이의 기숙사 바로 위층인 2층에서 살았다. 둘은 창문을 통해 대화를 주고받곤 했다. 이때까지 둘 사이에 엄청난 비극이 찾아올 줄 둘은 알지 못했다.

커신은 매일같이 열심히 공부하는 즈루이를 위해 소꼬리 수프를 끓인 뒤 로프에 매달아 창문으로 전달해주었다. 하지만, 둘 사이의 관계에는 서서히 균열이 가기 시작했다. 즈루이는 노력에 비해 잘 나오지 않는 성적 때문에 한참 예민해져 있었고, 자신을 지극정성으로 돌보는 커신의 행동에 부담을 느끼기 시작했다. 즈루이는 점점 커신과 거리를 두었다. 이를 눈치챈 커신은 불안해져 즈루이에게 점점 심하게 집착했다. 결국, 이 문제로 둘 사이에는 큰 언쟁이 생겼고, 즈루이는 커신에게 일방적인 이별을 통보했다. 그리곤, 다시는 자신에게 수프를 보내지 말라고 했다. 하지만, 여전히 그날도 즈루이의 창문 밖에는 커신이 끓여준 소꼬리 수프가 로프에 연결되어 있었다. 실증이 난 즈루이는 소꼬리 수프를 받아 창문 밖으로 던져버렸다.

그 이후, 한동안 위층에서 소꼬리 수프는 내려오지 않았다. 일주일 정도 지났을까. 즈루이는 자신에게 헌신하던 커신에 대한 미안함과 그리움을 느끼며 더 이상 소꼬리 수프가 내려오지 않는 창문 밖을 내다보고 있었다. 하지만, 이게 웬일인가? 때마침 위층에서 로프에 매달린 수프가 내려와 있는 것이 아닌가. 즈루이는 커신을 매몰차게 거절했던 자신의 태도를 반성하며 다시 커신에게 사과하고 재결합하기로 결심했다. 그리곤, 창문을 열어 그릇을 안으로 가져왔다. 커신의 변함없는 사랑에 감동을 받은 즈루이는 미소를 지으며 소꼬리 수프가 담긴 그릇을 열어보았다.

그 순간, 즈루이는 소스라치게 놀라며 그릇을 엎어버렸다. 즈루이는 공포에 질려 아무것도 할 수 없었다. 바로, 즈루이가 열어본 소꼬리 수프 그릇 안에는 수프가 아닌 잘려나간 커신의 피묻은 손과 발이 들어있던 것이었다. 곧이어, 창문 밖에는 둔탁한 소리가 났다.

"쿵!"

창문에 부딪힌 것은 다름 아닌 커신이었다. 하지만, 창문 밖의 커신은 손과 발이 없었다. 커신은 줄에 목이 매인 채 즈루이를 쳐다보고 있었다. 그리곤, 고통에 몸부림치며 즈루이에게 절규했다.

"내 소꼬리 수프가 맛이 없어서 나를 거절한 거야? 그럼 내가 직접 내 손, 발로 더 맛있는 수프를 끓여줄게!!!!!!"

베이징 서단의 인육 만두

고기만두를 좋아하던 경찰 유항(宇航)은 여느 때와 같이 베이징의 만두 가게에서 고기만두를 먹고 있었다. 이상하게도 그 만두 가게의 직원들은 매달 바뀌었다. 유항은 직원들이 한 달을 채 일을 하지 않는다는 사실에 사장에게 물었다.

"저번에 서빙하던 젊은 청년은 벌써 그만두었나 보죠?"

"네. 고향에 다시 내려간다고 떠났어요."

"그렇군요. 그럼 그 전에 일하던 여자는요?"

"아. 그분은 건강이 안 좋아져서 그만둔다고 했어요."

"그것 참 이상하네요. 여기에서 일하는 사람들은 한 달을 채 못 넘기는군요."

만두 가게 사장은 유항의 질문에 살짝 당황하는 기색을 보였지만, 유항은 별일이 아니라 생각하고 넘어갔다.

유항은 계속해서 고기만두를 먹었다. 그때 '와그작!' 하는 소리와 함께 이빨에 무언가가 씹혔다. 손가락으로 꺼내어 보니 사람의 손톱처럼 보이는 물체가 있었다.

"이게 뭐죠?"

"어머어머. 죄송합니다. 고기를 다지다가 손톱이 반죽에 들어갔나 봐요. 저희 직원이 실수를 했나 봐요. 하지만, 걱정 마세요. 그 직원은 실수를 너무 많이 해서 이미 잘랐거든요."

사장은 매우 당황한 듯 서둘러 유항이 건네준 손톱을 가져갔다. 한 달을 채 못 버티고 사라지는 직원들과 만두 속 손톱. 유항은 뭔가 미심쩍어서 만두를 다 먹고 몰래 가게의 부엌을 훔쳐보았다. 그때였다. 사장이 혼잣말을 했다.

"아이고 하마터면 들킬 뻔했네. 그냥 먹지 뭘 그렇게 꼬치꼬치 캐물어. 요새 고기만두를 이렇게 싸게 먹을 수 있는 가게가 어디 있다고 말이야. 근데 그놈은 자기가 먹는 게 사람 고기라는 걸 상상도 못 하겠지? 하하하하하.”

유항은 그 소리를 듣자마자, 사장에게 달려가 물었다.

“방금 뭐라고 했어요?”

“네…? 아니….”

“제가 먹은 게 사람 고기라고요?”

“아니… 그게 아니고….”

“당장 창고 열어보세요!”

사장은 벌벌 떨며, 창고를 열었고 유항은 경악을 금치 못하였다. 바로 자신이 과거 만두 가게를 방문했을 때, 만두를 나르고 있던 청년과 여자 직원이 토막 난 채 냉동고에 보관되어 있었다.

맞다. 서단 지역 만두 가게에서 팔고 있었던 고기만두는 바로 인육 만두였다. 그래서, 가격이 그렇게 쌀 수 있었다. 만두 가게 사장들은 지방에서 온 노동자들이 고향에 쉽게 연락을 하지 못한다는 사실을 알고 그들을 죽여

만두소로 사용해오고 있었다.

결국 서단 지역의 만두 가게들은 대대적인 경찰 조사로 인해 대부분 인육을 써오고 있었다는 사실이 발각되었다. 이로 인해 인육을 사용했던 만두 가게의 사장들은 전부 체포되었다.

† † †

베이징 서단의 시장 거리

1982년 중국은 덩샤오핑의 주도하에 경제적으로 개혁 · 개방의 노선을 택하기 시작했다. 이후 중국 경제는 급속도로 발전했지만, 초기에는 여전히 경제가 낙후된 상태였다.

당시 중국의 일반 대중들은 하루가 다르게 치솟는 육류 가격으로 인해 매일 육류를 섭취할 수 없었다. 하지만, 쇼핑으로 유명한 베이징 서단 지역에는 고기만두를 파는 가게가 많았는데 치솟는 육류 가격에도 불구하고 가격이 매우 저렴했다. 이로 인해 엄청난 인기를 누릴 수 있었다. 해당 지역의 만두 가게들은 하루에 보통 300~400개의 고기만두를 팔았다.

당시 중국의 지방 사람들은 돈을 벌기 위해 베이징, 상하이, 광저우 등 큰 도시로 모여들었다. 특히, 서단 지역의 만두 가게들이 다른 지역에 비해 장사가 매우 잘되어서인지, 가게들은 타 지역에서 온 이들을 환영하였고 그들을 대량 고용했다. 하지만, 그저 사업 수완이 좋은 듯 보였던 일부 만두 가게들의 잔인한 비밀이 드러났다. 실종되어도 고향에 쉽게 연락을 취할 수 없던 종업원들의 처지를 알고 만두 가게 사장들은 종업원들을 살해하여 인육 만두를 만들어 팔고 있었다.

7자매의 독신 서약

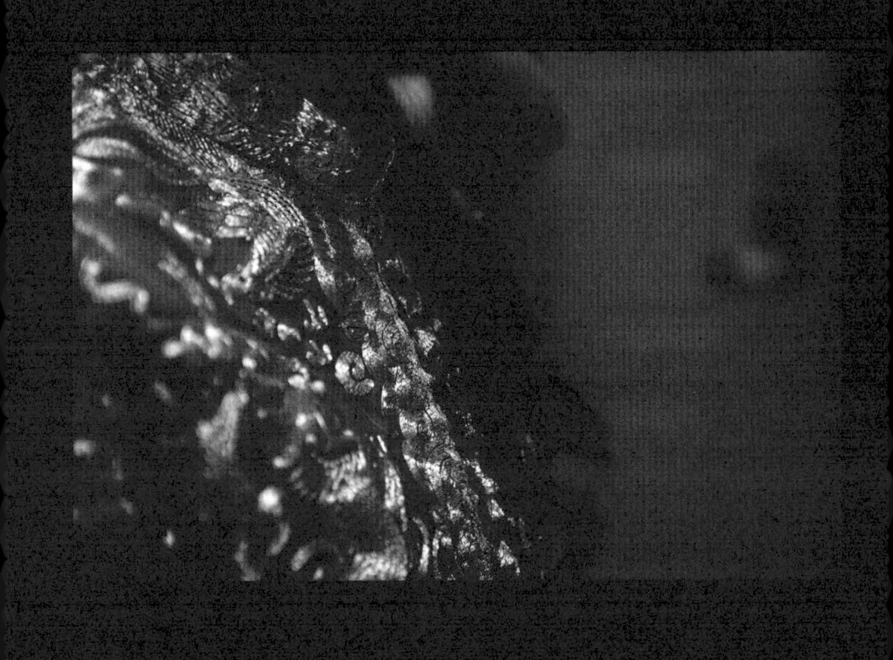

홍콩의 어떤 마을에서 7명의 여성이 마치 피를 나눈 자매처럼 끈끈한 관계 속에서 행복하게 살고 있었다. 하지만, 그들은 특이하게도 결혼을 하지 않고 평생 서로를 위해 산다는 독신 서약을 했다. 그 서약의 내용은 단순 독신 서약이 아닌, 자신들 중 그 누구라도 서약을 어길 경우 다 같이 목숨을 끊는다는 소름 끼치는 서약이었다.

그중, 3번째 자매 이누오(依诺)의 부모는 독신 서약을 맺은 딸을 못마땅하게 여겼고, 자신의 딸에게 멋진 남성 안(安)을 소개시켜주었다. 이누오는 처음에는 강하게 저항하였지만 이내 외로움을 이기지 못하고 안과 사랑에 빠졌다. 부모는 이때다 싶어, 모든 지원을 해줄 테니 안과 결혼하여 행복한 삶을 살도록 딸을 설득한다. 결국 이누오는 안과 행복한 미래를 꿈꾸며 결혼을 결심했다.

하지만, 이를 알게 된 나머지 6자매들은 분노하였고, 이누오의 집에 찾아가 그녀의 결혼을 말리려 했다.

"남자들이 얼마나 교묘한 존재인 줄 알아? 아마 너랑 결혼하고 다른 여자랑 놀아날 거야."

"아이를 낳고 너가 못생겨지면 남자는 너를 미워할걸?"

이누오는 독신 서약을 맺은 혈육과도 같은 자매들의 설득에 잠시 흔들렸지만, 이내 늙어가고 있는 부모님의 모습과 자신을 사랑해주는 안을 생각하곤 자매들에게 자신의 의견을 밝혔다.

"미안해. 나는 결혼을 해야 할 것 같아. 이 남자를 너무 사랑해. 그리고 부모님을 위해서라도 결혼을 하는 게 맞을 것 같아."

옆에서 지켜보던 부모님은 이누오를 설득하려던 자매들을 잘 타일러 집으로 돌려보냈다. 6명의 자매들은 망연자실했다. 하지만, 결국 자매들은 분노를 이기지 못해 이누오가 결혼하기 바로 전날 이누오의 집으로 쳐들어가 그녀를 강제로 납치한 뒤, 절벽으로 향했다.

"우리가 했던 서약 기억나지? 그 누구라도 독신 서약을 어기면 다 같이 죽는다고 한 거 말이야."

7자매는 다 같이 손을 잡고 자신들이 했던 서약을 되새기며 절벽에서 뛰어내렸다. 부모와 안은 이누오가 납치되었다는 사실을 깨달았다. 불안한 마음에 밤새 마을 이곳저곳을 뒤졌지만 결국 찾지 못했다. 어느덧, 해가 떴고, 이누오를 찾으러 갔던 부모와 안은 비극을 목격했다. 썰물이 빠져나간 뒤, 절벽 아래 바위에 7명의 익사한 시신들이 가지런히 놓여 있었다. 부모와 안은 절규하며, 절벽 아래로 뛰어갔지만 이미 7명의 자매들은 죽은 지 꽤 시간이 지나 있었다. 그 사건 이후, 절벽 아래의 바위는 '7자매 바위'로, 그 주변을 지나는 도로는 '7자매 도로'로 불리었다.

† † †

홍콩 쯔쯔무이 로드

쯔쯔무이 로드(Tsat Tsz Mui Road, 七姊妹道)는 홍콩 노스포인트 지역에 있는 도로이다. 쯔쯔무이 로드는 '7자매 도로'라는 뜻을 갖고 있다. 과거 7명의 여성이 한꺼번에 투신자살한 소름 끼치는 사건 이후 사람들 사이에서 유명해졌다.

1911년, 중국의 한 회사는 7자매의 시신이 발견되었던 곳 부근에 수영장을 설립했다. 하지만, 어떤 이유에서인지 수영장에서는 주기적으로 남성들이 익사하는 사례가 많이 발생했다. 이를 두고, 사람들은 7자매의 영혼이 물에 스며들어 물속으로 들어오는 남성들에게 해코지를 하고 있다고 말하곤 했다.

텔포드 가든의

집단 사망 사건

1998년 7월 22일, 경찰 당국에 한 통의 전화가 걸려왔다.

"여기 텔포드 가든인데요. 옆집에서 무언가가 썩는 냄새가 나요. 와보셔야 할 것 같아요."

"흠… 저희는 청소 업체가 아니기 때문에 냄새 때문에 바로 출동은 할 수 없어요."

사건을 접수받은 유즈어(宇泽)는 냄새가 난다는 신고 전화에 청소 업체를 알아보거나, 건물주에게 직접 전화해서 확인해보라고 말했다. 하지만, 며칠 뒤 다른 신고자로부터 동일한 신고가 접수되었다.

"텔포드 가든 C 구역에 사는 사람인데요. 윗집에서 뭘 하는지 심한 악취 때문에 도저히 견딜 수가 없어요. 경비실에서도 그 집에 방문했는데, 문을 도저히 열어주질 않네요."

이후에도 텔포드 가든 C 구역에서 심한 냄새가 난다는 신고가 여러 건 접수가 되었다. 심상치 않게 생각한 유즈어는 해당 지역으로 출동한다. 현장에 도착했을 때, 신고대로 매우 심한 악취가 나고 있었다. 이는 썩은 음식물 등에서 나는 냄새가 아닌 듯했다.

유즈어는 냄새가 가장 심하게 나는 곳의 현관문을 두드렸고, 인기척이 없자 문을 부수고 들어갔다. 그곳에는 시체 1구가 거실에 누워 있었고, 부패가 진행되고 있었다. 하지만, 유즈어는 접수되었던 여러 건의 신고 내용으로 봐서 한 집에서만 냄새가 나진 않았을 거라 생각했다.

유즈어는 주변을 수색하며 썩은 냄새가 나는 집을 모두 찾아 열었다. 썩은 내가 심하게 나던 집은 총 다섯 곳이었다. 현관문을 부수고 들어가자 각각의 집에서는 시신이 발견되었으며, 총 5구의 시신이 썩어가는 채로 발견되었다. 특이한 점은, 5구의 시체가 모두 여성이었다는 점, 그리고 시체가 발견된 5곳의 집에는 모두 둥그런 모양의 거울이 있었는데, 그 위에 가위 한 쌍이 빨간 실로 매달려 있었다는 점이었다. 이는 마치 어떤 의식을 위한 장식처럼 보였다.

유즈어는 수사를 시작했다. 곧이어 사망한 5명의 여성 중 3명이 일본의 종교인 신토(Shintoism)의 신도라는 점을 알게 되었다. 특히, 사망한 사람 중 1명은 큰 기업을 운영하던 CEO였고, 죽은 당일 익명의 사람에게 약 70만 홍콩달러(한화 약 1억 2,000만 원)를 송금했던 기록이 발견되었다. 이를 단서로 경찰 당국은 보다 깊게 추적을 진행했고, 범인은 신토 종교와 관련된 주술사임을 알게 되었다.

조사 결과, 사망한 5명은 모두 수명 연장의 꿈을 이루길 원했고, 이를 실현하기 위해 주술사 즈하오(梓豪)를 소개받았다. 즈하오는 수명을 연장하기 위한 의식을 위해서 거액이 필요하다고 사람들에게 요청했다. 즈하오는 돈을 입금받은 뒤, 신자였던 3명과 이들과 함께 온 2명에게 의식을 위한 물과 부적을 건네주었다. 하지만, 즈하오가 건넨 물에는 독이 들어 있었고, 사망한 5명의 여성들은 독이 든 물을 먹고 모두 사망했다.

5명의 여성이 사망한 이후 텔포드 가든에서 일하는 청소부들 사이에서는 괴담이 떠돌았다. 집단 사망 사건이 발생한 곳 주변을 지날 때면, 출처가 불분명한 곳에서 '안녕하세요.', '저희 집 쓰레기 좀 가져가주세요.', '이것 좀 잠깐 들어주실래요?' 등과 같은 여성들의 목소리가 들려온다고 했다.

† † †

홍콩 주룽반도의 텔포드 가든 아파트

이 집단 사망 사건이 발생한 아파트는 홍콩 주룽반도의 텔포드 가든(Telford Garden)이다. 이 아파트는 아직까지도 저주받은 아파트라고 불린다.

저주받은 수상 식당:

점보 킹덤

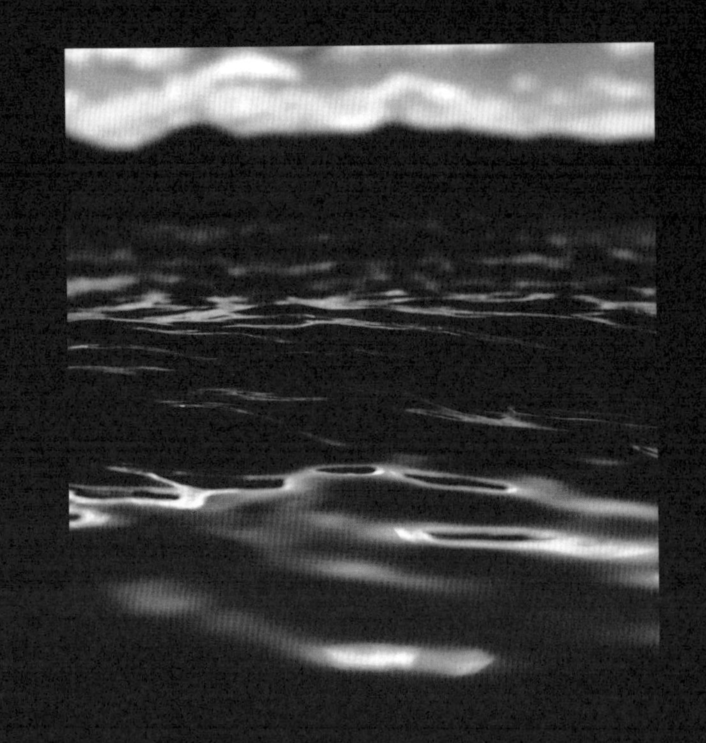

점보 킹덤(Jumbo Kingdom)은 홍콩 애버딘 항구(Aberdeen Harbour)에 위치했던 수상 레스토랑이었다. 1970년대에 지어졌으며, 화려한 전통 중국풍의 외형과 고급스러운 장식이 돋보이는 건축물이었다. 따라서, 단순히 음식을 먹는 장소를 넘어 홍콩의 상징적인 랜드마크 중 하나였다. 하지만, 점보 킹덤 식당에는 그리 좋지 않은 소문들이 함께해왔다.

하루 평균 2,000명 이상의 손님이 방문하던 점보 킹덤에서는 소름 끼치는 일이 자주 벌어지곤 했다. 바로, 익사한 사체가 항구 주변의 해류를 따라 점보 킹덤 주변으로 떠내려오는 경우가 많았다. 이로 인해, 실종자를 찾는 수색대의 모습을 자주 볼 수 있었다. 또한, 익사체의 혼령들이 식당에 머물렀던 것일까, 간혹 식사를 하다가 물에 불어 있는 시신이 식당 안을 돌아다니는 것을 보았다는 목격담도 많았다.

특히, 한밤중 식당에서 식사를 하고 있다가 어둠 속에서 홀로 노를 젓는 여성을 보았다는 소문이 가장 많았다. 여성을 목격할 때면 이상하리만큼 심한 물안개가 시야를 가렸다. 잠시 후, 물안개를 뚫고 나오는 여성을 보면, 온몸은 물속에 오랫동안 방치된 듯 불어 있으며, 두 눈은 뻥 뚫려 있고, 구멍에서는 검붉은 피가 흘러내리고 있었다는 공통적인 증언들이 있었다. 과거 홍콩 앞바다에서는 매춘부들이 배를 타는 선원들을 상대로 돈을 벌기 위해 홀로 노를 저으며 돌아다녔다. 사람들은 여성의 정체를 매춘부들 중 자살하거나 억울하게 죽은 한 명이었으리라 추정했다.

귀신의 출몰보다 더욱 비극적이었던 사건은 바로 점보 킹덤에서 발생했던 대형 화재였다. 1971년, 점보 킹덤이 개장하기 직전, 식당 내에 원인 모를 화재가 발생했다. 가스통이 폭발하면서 4층 건물 전체로 불이 삽시간에 번졌다. 이 사건으로 인해, 당시 식당 건물에서 일하던 노동자 54명이 사망했다. 그래서인지, 식당을 방문하는 방문객들은 발이 없는 귀신, 온몸에 화상을 입고 고통스러워하는 귀신 등을 보았다. 수많은 괴담과 좋지 못한 소문에도 음식 맛이 워낙 좋았던 것인지, 점보 킹덤 식당에는 수많은 사람들이 방문했다. 하지만, 귀신보다 더 무서웠던 것은 경제 위기였을까. 1997년 아시아 금융 위기 이후 점보 킹덤 식당은 간헐적으로 영업을 중단하곤 했다. 2003년 보수공사를 거쳐 재개장했지만, 결국 2022년 1억 홍콩달러(한화 약 176억 원)에 달하는 손실을 기록한다. 그러던 2022년, 6월 18일, 더 이상의 손실을 이겨내지 못하고 점보 킹덤 식당은 타국에 팔렸다. 타국으로 이동하던 중 남중국해에서 태풍을 만나 수심 1,000m 아래로 전복되며 최후를 맞이했다.

혹자는 점보 킹덤이 주변에 머물던 물귀신들에 의해 저주를 받았으며, 이로 인해 결국 경영난을 겪다가 침몰한 것이라고 이야기한다.

홍콩 애버딘 항구의 점보 킹덤 식당

브라이즈 폴의 신부 귀신

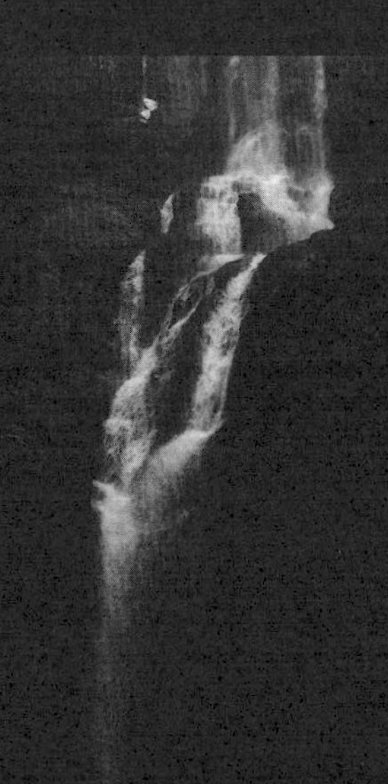

홍콩 타이포 산간 지역에는 브라이즈 풀(Bride's Pool)이라 불리는 폭포가 있다. 이 폭포 주변에는 의문의 사건 사고들이 끊이지 않는다.

오래전 타 지역에 살고 있던 여성 신옌(欣妍)은 타이포 지역 출신의 남성 하오위(浩宇)과 결혼을 하게 되었다. 결혼식을 하러 꽃가마에 타고 타이포로 향하던 신옌은 폭포를 지나고 있었다. 하지만, 폭포 주변의 길은 생각보다 험하였고, 꽃가마를 들고 가던 인부 중 한 명이 발을 헛디디는 바람에 꽃가마는 그대로 폭포 아래로 추락했다. 물 위에 꽃가마가 떨어져 인명 피해는 없을 것이라 생각했지만, 결혼식 의복을 한껏 차려입은 신옌은 물에 젖은 의복이 온몸에 뒤엉켜 그만 질식하여 사망했다. 신부를 기다리던 하오위는 신옌이 죽었다는 사실을 듣고 절규하였고, 영원히 결혼식은 치러질 수 없었다.

신옌이 폭포에서 사망한 이후, 동네에 살던 한 남성 위첸(宇辰)이 폭포 근처를 지나고 있었다. 한밤중 폭포를 지나던 위첸은 폭포에서 느껴지는 서늘함 때문에 길을 재촉했다. 그러던 중, 위첸은 한 여성의 노랫소리를 들었다. 노랫소리를 듣고 폭포로 고개를 돌린 위첸은 폭포 아래 웅덩이에 서 있는 여성을 보았다. 무섭다고 느끼기에는 노랫소리가 너무 감미로웠고, 위첸은 마치 홀린 듯이 물속으로 천천히 걸어 들어갔다. 물이 가슴까지 차오를 때쯤 위첸은 정신이 들었다. 노래를 부르던 여인의 모습은 가까이에서 보니 물에 퉁퉁 불어 흉측하기 그지없었고, 온몸에는 물에 젖은 빨간 전통 결혼식 의상이 감겨 있었다. 위첸은 온몸에 소름이 돋아 물 밖으로 나가려 했지만, 마치 온몸이 밧줄에 감긴 듯 도저히 앞으로 나아갈 수 없었다. 이내 위첸은 물속으로 끌려 들어가 익사했다.

마을에는 위첸이 폭포에서 수초에 몸이 칭칭 감긴 채 익사했다는 소문이 돌았다. 사람들은 폭포에서 죽은 신옌의 영혼이 자신의 신랑을 찾기 위해 폭포를 지나는 남성을 물속으로 끌고 들어간다고 했다. 마을 남성들은 폭포 근처에 가지 않았다. 하지만, 여전히 폭포에서는 익사하는 남성들이 발견되고 한다.

† † †

브라이즈 풀로 향하는 숲의 입구

브라이즈 풀 폭포에서 발생하는 익사 사고 이외에 차량 사고도 자주 발생한다. 이상하게도 브라이즈 풀 옆을 지나는 도로에서 사고가 발생하는 차들은 모두 하나같이 빨간색이었다. 폭포에서 사망한 신옌이 타고 가던 꽃가마 역시 빨간색이었는데, 질투심에 불탄 그녀의 혼령이 빨간색 자동차를 보고 결혼식에 가는 신부들을 저지하기 위해 일부러 사고를 낸다는 소문이 생겼다.

핑산탓탁 학교의 망령

2011년 어느 날 밤, 12명의 중학생들은 담력 체험을 위해 귀신이 나온다는 핑샨탓탁 학교(Pingshan TatTak School)를 방문했다. 학생들은 학교에 들어간 지 얼마 되지 않아 자신들을 경고하는 듯한 의문의 여성 목소리를 들었다.

"여기가 어디라고 들어와? 썩 꺼지지 못해?"

곧이어 빨간 옷을 입은 흉측한 몰골의 여성이 학생들 앞에 나타났다. 일부 여학생들은 그 자리에서 혼절하였다. 여학생 아이(爱)는 정신착란 증세를 보이며 다른 사람을 깨물거나 자신의 목을 스스로 조르며 자해를 했다. 특히, 남학생 유슈엔(宇轩)은 자신이 빨간 옷을 입은 여성에게 잔인하게 살해당하는 환각을 보았다고 주장했다. 결국 그날 학교를 방문했던 12명의 학생들은 모두 정신병원에 입원하여 치료를 받았다.

† † †

홍콩 핑샨의 핑산탓탁 학교 전경

홍콩 핑샨(Pingshan)에 위치한 핑샨탓탁 학교에는 귀신이 목격된다는 소문이 있다. 1931년에 설립된 핑샨탓탁 학교는 학생 수가 점점 많아지자 1965년 새 건물로 이사했다. 하지만, 지역민들이 외부로 빠져나가며 자연스럽게 학생의 수가 감소한 탓에 설립 67년 이후인 1998년

문을 닫았다.

† † †

핑샨탓탁 학교에서 출몰한다는 귀신에는 여러 가지 설이 있다. 첫 번째는 전쟁에서 희생된 사람들이 현재 학교가 있는 자리에 묻혔고 그 원혼들이 출몰한다는 이야기다. 1899년 영국군이 6일 동안 토지 권리를 포기하지 않겠다는 토착 원주민들과 전쟁을 벌였다. 당시 전투로 인해 500여 명의 마을 원주민들이 살해되어 현재 학교가 있는 위치에 묻혔다. 이후, 1941년 제2차 세계대전 중 일본군에 의해 엄청난 수의 마을 사람들이 살해되었다. 시신들은 핑샨탓탁 학교가 있는 장소에 묻혔다. 사람들은 살해를 당해 묻힌 수많은 사람들이 학교에 출몰하는 혼령의 정체라고 추정한다.

두 번째는, 핑샨탓탁 학교에서 근무를 했었던 여교장의 귀신이라는 설이다. 당시 핑샨탓탁 학교에는 여교장이 부임했다. 학교에서 근무하던 중, 마침 빨간 옷을 입고

학교에 등교한 날 의문의 남성에 의해 강간을 당한 뒤 절망하여 화장실에서 목을 매 자살했다. 따라서, 빨간 옷을 입은 귀신이 자주 목격된다.

이 외에도, 복도를 기어 다니는 하반신이 없는 귀신, 목이 잘린 귀신, 팔이 없는 귀신 등 다양한 형태의 귀신들이 목격된다. 경찰 당국에 따르면, 소문들을 뒷받침할 만한 객관적인 근거는 없다. 하지만, 여전히 학교를 지나는 사람들은 귀신을 목격하고 있다.

취안푸 초등학교의

폐쇄된 4층

왜 하지 말라는 건 꼭 하고 싶은 걸까? 취안푸(Quanfu) 초등학교에 다니던 6학년 학생들은 어느 날 4층으로 올라갈 계획을 세운다. 취안푸 초등학교 4층은 귀신이 나온다는 이유로 폐쇄되었는데, 이곳이 궁금했기 때문이었다.

한밤중 초등학교를 지키는 경비원이 점검을 마치고 숙소로 들어가자 학생들은 학교 건물 1층으로 모였다.

"준비됐지? 오늘은 꼭 4층으로 가서 비밀을 밝혀보자."

학생들은 손전등에 의존하여 4층으로 천천히 올라갔다. 4층의 원형 복도에는 채광창을 통해 들어오는 달빛만이 있었다. 4층에는 많은 방들이 있었는데, 이들은 매우 낡은 상태였다. 방들에는 책상, 의자 및 파일 캐비닛을 포함한 오래된 일본 가구들이 있었다.

"뭐야. 그냥 오래된 건물이잖아. 귀신은 없는데?"

학생들은 기대와는 달리 특별한 것이 발견되지 않자 다시 밖으로 나갈 준비를 했다. 그러던 중 비명이 들려왔다.

"꺄악!!!"

학생들은 중 한 명이었던 하오란(浩然)은 돌아가려던 순간 교실 안에서 이상한 형체를 목격했다. 그 형체를 보고 놀라 뒷걸음질을 치다가 그만 4층의 난간에서 추락한 것이었다. 나머지 학생들은 추락한 하오란의 비명과 처참한 모습을 보고 혼비백산하여 건물 밖으로 뛰쳐나갔다. 건물 밖으로 뛰어나가는 도중 학생들은 아무것도 없었던 교실들의 안쪽에서 이상한 것들을 보았다. 그것은 다름 아닌 목이 잘린 채 서 있는 시체들이었다. 교실 안에는 시체들뿐만 아니라 그들의 잘린 목이 바닥에 널브러져 있었고, 온통 피바다가 되어 있었다. 나중에 학생들의 증언을 종합해보았을 때, 당시 시체들은 1900년대 초반 전통 일본 의상을 입고 있었다. 또한, 미칠 듯이 밖으로 달려나가던 학생들의 뒤로 사람들이 우는 소리와 일본어로 무언가 외치는 소리가 들려왔다.

"타스케테!!! 타스케테 쿠다사이!!!"

나중에 알고 보니 그 말은 '살려달라', '도와달라'는 말이었다. 아마도 일제강점기 시절 교도소에 수감되었던 일본인들의 귀신이 아닐까 사람들은 추정했다. 하지만, 비극적이게도 처음 비명을 지르고 4층 난간에서 추락한 하오란은 그 자리에서 사망했다.

† † †

대만에는 취안푸라는 초등학교가 있었다. '취안푸'는 '해방'이라는 뜻이며, 대만이 중국 본토와 분리되어 정통성과 국제적인 인정을 받기 위한 노력을 기울였던 시절 자주 볼 수 있는 이름이기도 했다.

취안푸 초등학교는 1890년대에서 1940년대까지 일본이 대만을 점령했을 때 지어졌던 많은 학교들 중 하나였다. 취안푸 초등학교는 4층 높이의 원형 건물로 당시로서는 매우 특이한 외형을 갖고 있었다. 2층부터 4층은 원형 복도가 있어 1층을 내려다볼 수 있는 구조로 설계되었다.

하지만, 취안푸 초등학교는 원래 학교 목적으로 세워진 건물이 아니었다. 바로 일제강점기에 수감자들을 관리하던 목적으로 지어진 감옥이었다. 건물 구조가 1층을 내려다볼 수 있는 원형인 것은 한눈에 수감자들을 파악할 수 있고 쉽게 관리하기 위함이었다.

특히, 건물에 수감되었던 사람들을 대상으로 수많은 고문과 처형이 이루어졌다. 수감자들을 고문하기 위해서 자주 사용되었던 방법은 다른 수감자들에게 공포감을 심어주기 위해, 정신을 차리지 못할 정도로 구타한 뒤 기절하면 4층에 매달아두는 것이었다. 그래서인지, 취안푸에서 근무하는 교사나 공부하는 학생들 사이에서는 4층에서 귀신을 보았다든지, 물건이 스스로 움직인다든지 하는 등의 이상한 경험을 했다는 소문이 있다. 이 때문에 학교는 오랜 기간 학생들이 4층에 출입하는 것을 통제했다.

"우리가 했던 서약 기억나지? 그 누구라도 독신 서약을 어기면 다 같이 죽는다고 한 거 말이야."

이미지출처

상하이에 나타난 흡혈귀 (이미지 출처: PxHere) CC0 Public Domain

여우 악령의 저주(1) (이미지 출처: Deviant Art, Fox Mask by Coolarts223) CC BY 3.0 (ATTRIBUTION 3.0 UNPORTED Deed)

여우 악령의 저주(2) (이미지 출처: Wikimedia Commons, HK CWB Great George Street Windsor House facade Gloucester Road bridge May-2012.JPG by Zhing8hong) CC BY-SA 3.0 DEED

고양이 얼굴을 한 노파 (이미지 출처: Flicker, Scary cat by Angela) CC BY-SA 2.0 DEED

영안실에 갇힌 신입생 (이미지 출처: Flickr, Long Island - Boston Harbor - 100708 - a - 022 - 300 | Flickr by Massachusetts Dept. of Environmental Protection) CC BY 2.0 DEED

치우 맨션의 죽은 동물의 망령들(1) (이미지 출처: pxhere) Public Domain

치우 맨션의 죽은 동물의 망령들(2) (이미지 출처: Wikimedia Commons, Cha House, Shanghai.jpg by Dmitry Kvasov) CC0

청두에 나타난 살인 괴물 (이미지 출처: pxhere, man-black-and-white-photography-statue-portrait-darkness-1215886-pxhere.com.jpg) CC0

13번째 군인의 목소리 (이미지 출처: flickr, GRAVEYARD IN THE DARK by Rolle Ruhland) (Partially edited) CC BY-SA 2.0 DEED

머리를 땋은 여자 (이미지 출처: Wikimedia, Warkocz_braid by Jacek Proszyk) CC BY 4.0

약속을 하지 않는 소녀 (이미지 출처: Deviant Art, pinky promise by NanFe) CC BY-NC-ND 3.0 DEED

귀압신(鬼壓身) (이미지 출처: Pickpik) Royalty Free

문 너머로 보이는 빨간 눈 (이미지 출처: Needpix.com, Red Eye Girl Free Photo by lailajuliana (ipixabay.com) Public Domain

연꽃 호수의 물귀신 (이미지 출처: rawpixel, Pond in park, Surrey by Henry White) CC0

화피귀(画皮鬼) (이미지 출처: Pickpik) Royalty Free

의문의 소용돌이 (이미지 출처: Wikimedia Commons, Spiral galaxy povray 1.png by Merikanto) CC BY-SA 4.0 DEED

배달 음식을 시키는 죽은 자들 (이미지 출처: rawpixel, Chinese food png sticker illustration, transparent background) CC0

폭우 속 다리 위의 사라지던 아이들(1) (이미지 출처: Needpix.com, Bridge Hdr Horror Free Photo by Skitterphoto (pixabay.com)) Public Domain

폭우 속 다리 위의 사라지던 아이들(2) (이미지 출처: Wikimedia Commons, Stone plague 1955.jpg by WingkLEE) CC BY-SA 3.0

야우마테이 기차역 자살 사건(1) (이미지 출처: Wikimedia Commons, Metro de Paris – Ligne 2 – Victor Hugo – Station abandonnee 01.jpg by Clicsouris) CC BY-SA 3.0 Deed

야우마테이 기차역 자살 사건(2) (이미지 출처: Wikimedia Commons, HK Yau Ma Tei MTR Station A B D Exit sign Oct-2012.JPG by Heleikoanoofutei) CC BY-SA 3.0 DEED

폐쇄된 정신병원의 간호사(1) (이미지 출처: Pixabay, halloween-6760662.jpg by SoyKhaler) Free USE

폐쇄된 정신병원의 간호사(2) (이미지 출처: flickr, Sai Ying Pun Community Complex, by ystsoi) CC BY 2.0 DEED

난징에서 증발한 3,000명의 군인들 (이미지 출처: flickr, Ghost Soldiers by Don McCullough) CC BY 2.0 DEED

머레이 하우스에서 거행된 퇴마 의식(1) (이미지 출처: Pexels, A Buddhist Holding a Black Prayer Beads by RDNE Stock project) Public Domain

머레이 하우스에서 거행된 퇴마 의식(2) (이미지 출처: Wikimedia Commons, A view in Stanley Hong Kong in 2021.jpg by Peachyeung316) CC BY-SA 4.0 DEED

초이홍역의 지옥행 열차(1) (이미지 출처: Wikimedia Commons, Ghost train (1584318350).jpg by OceanAtoll) CC BY 2.0, ATTRIBUTION 2.0 GENERIC Deed

초이홍역의 지옥행 열차(2) (이미지 출처: Wikimedia Commons, 港鐵彩虹站觀塘綫備用月台 by Qwer132477) CC BY-SA 4.0

퉁싱 영화관의 귀신 관객 (이미지 출처: Medium, Photo by Manfred Werner) CC BY-SA 4.0

귀문이 열리는 날: 중원절 (1) (이미지 출처: Wikimedia Commons, Candles in temple (Taipei) by Miuki) CC BY-SA 3.0, ATTRIBUTION-SHAREALIKE 3.0 UNPORTED Deed

귀문이 열리는 날: 중원절 (2) (이미지 출처: Wikimedia Commons, Ghost Festival in Ping Chou.

JPG by Ws227) CC BY-SA 4.0 DEED

귀문이 열리는 날; 중원절 (3) (이미지 출처: Wikimedia Commons, Ghost Festival Ritual (Taoyuan).jpg by Mnb at zh.wikipedia) CC BY-SA 3.0 DEED

남쿠 테라스에 들려오는 비명(1) (이미지 출처: Pexels, A girl in a vintage dress with a flower in her hands by Kristina Paul) Free USE

남쿠 테라스에 들려오는 비명(2) (이미지 출처: Wikimedia Commons, The ghost house - Nam Koo Terrace.jpg by Kay Yuen) CC BY 2.0 DEED

차오네이 81번 교회의 기묘한 사건들(1) (이미지 출처: Needpix.com, Cathedral Haunted Cathedral Haunted House Free Photo by darksouls1) Public Domain

차오네이 81번 교회의 기묘한 사건들(2) (이미지 출처: Wikimedia Commons, Front (west) elevation of main house of Chaonei No. 81 on Chaoyangmen Inner Street in Beijing's Dongcheng District by Daniel Case) CC BY-SA 3.0

베이징 375번 버스의 불길한 탑승객 (이미지 출처: rawpixel, Bus Stop) CC0

신하이 터널로 가는 손님(1) (이미지 출처: flickr, Snoqualmie Tunnel on Iron Horse Trail. Old tunnel for now defunct Milwaukee Railroad by Robert Ashworth) CC BY-SA 2.0, Robert Ashworth Deed

신하이 터널로 가는 손님(2) (이미지 출처: Wikimedia Commons, Xin Hai Tunnel (East).JPG by Reke) CC BY-SA 3.0 DEED

중국 3대 악녀, 서태후의 망령(1) (이미지 출처: Pixabay, Photo by k_khanh96) Free USE

중국 3대 악녀, 서태후의 망령(2) (이미지 출처: Wikimedia Commons, The Ci-Xi Imperial Dowager Empress (5)) Public Domain

뇌가 없는 살인범(1) (이미지 출처: Pixabay, Knife by niekverlaan) Free USE

뇌가 없는 살인범(2) (이미지 출처: Wikimedia Commons, Wuning South Road viewed from Da-An Garden - panoramio.jpg by CyberCop) CC BY 3.0 DEED

뒤를 돌아보던 눈이 없던 소년(1) (이미지 출처: Pixabay, Man by Pexels) Free USE

뒤를 돌아보던 눈이 없던 소년(2) (이미지 출처: Wikimedia Commons, Tuen Mun Road Interchange Tuen Mun Direction 201309.jpg by Wing1990hk) CC BY 3.0 DEED

광저우의 자살 쇼핑몰(1) (이미지 출처: Pixabay, dark by Zatder) Free USE

광저우의 자살 쇼핑몰(2) (이미지 출처: Wikimedia Commons, Buildings in Liwan DistrictGuangzhou photographs taken on 2023-07-14 by 古海岸遗址) CC BY-SA 4.0

사이쿵 반도의 실종 지대(1) (이미지 출처: Rawpixel.com, Forest of Fear at Outskirts 1812) CC0 1.0 UNIVERSAL

사이쿵 반도의 실종 지대(2) (이미지 출처: Wikimedia Commons, Pak Lap Wan and Pak Lap Tsai 07.jpg by Underwaterbuffalo) CC BY-SA 4.0 DEED

헬로키티 살인 사건(1) (이미지 출처: Wikimedia Commons, Police Line Crime Scene 2498847226.jpg by Tony Webster) CC BY-SA 4.0

헬로키티 살인 사건(2) (이미지 출처: Wikimedia Commons, Granville Road, Tsim Sha Tsui by Szetoyanlun) CC BY-SA 3.0

저주받은 종인빌딩(1) (이미지 출처: Pixabay) Free USE

저주받은 종인빌딩(2) (이미지 출처: Wikimedia Commons, SZ 深圳 Shenzhen 福田 Futian 紅荔路 Hongli Road BOC 中銀花園 Bank of China Garden building red facade May 2023 Px3 07.jpg by ZhouMiYan Pauoyrai) CC BY-SA 4.0 DEED

죽음의 게스트하우스: 벨라 비스타 빌라(1) (이미지 출처: Pixabay, by huts by crowlite) Free USE

죽음의 게스트하우스: 벨라 비스타 빌라(2) (이미지 출처: Wikimedia Commons, HK 長洲 Cheung Chau 東堤小築 Bela Vista Villa Miami Resort walk-up building facades May 2018 IX2.jpg by Ham lam wam MCUWO) CC BY-SA 4.0 DEED

옌안 고가도로 용 기둥 전설(1) (이미지 출처: Pexels, Moon over a Traditional Chinese Dragon Shaped Roof Decoration by Thắng-Nhật Trần) Free USE

옌안 고가도로 용 기둥 전설(2) (이미지 출처: Wikimedia Commons, Nine dragon pillar, crossing of Yanan and North-South Elevated Road, Shanghai by Remko Tanis) CC BY 2.0 DEED

우캉 맨션의 죽음들(1) (이미지 출처: rawpixel) CC0

우캉 맨션의 죽음들(2) (이미지 출처: Wikimedia Commons, Wukang Mansion 2.jpg by 钉钉) CC BY-SA 4.0 DEED

명혼: 영혼결혼식 (이미지 출처: Needpix.com, Gothic Bride And Groom Skeleton Free Photo by darkmoon1968 (pixabay.com)) Public Domain

소꼬리 수프 이야기 (이미지 출처: Wikimedia Commons, Kkori-gomtang 1.jpg by lazy fri13th)

CC BY 2.0

7자매의 독신 서약(1) (이미지 출처: https://pixabay.com/)

7자매의 독신 서약(2) (이미지 출처: Wikimedia Commons, HK North Point Tin Chiu Street Tsat Tsz Mui Road.JPG by Huang Kong Hing) CC BY-SA 2.5 DEED

베이징 서단의 인육 만두(1) (이미지 출처: pxhere, dim_sum_dumplings_chinese_food-860623.jpg) CC0 Public Domain

베이징 서단의 인육 만두(2) (이미지 출처: flickr, Xidan.JPG by stephenrwalli) CC BY-SA 2.0 DEED

텔포드 가든의 집단 사망 사건(1) (이미지 출처: https://pixabay.com/)

텔포드 가든의 집단 사망 사건(2) (이미지 출처: Wikimedia Commons, HK KTD 九龍灣 Kln Bay 德福花園 Telford Garden February 2022 Px3 01.jpg by LAUZ 20 HUHABOR MAI) CC BY-SA 4.0 DEED

저주받은 수상 식당: 점보 킹덤(1) (이미지 출처: Pexels, Ripple of Waves on Dark Water by Tim Mossholder) CC0 Public Domain

저주받은 수상 식당: 점보 킹덤(2) (이미지 출처: Wikimedia Commons, 1985 in Hong Kong. Jumbo Floating Restaurant. Spielvogel Archiv.jpg by Spielvogel) CC0 1.0 DEED

브라이즈 풀의 신부 귀신(1) (이미지 출처: pxhere, photo-1400051.jpg) CC0 Public Domain

브라이즈 풀의 신부 귀신(2) (이미지 출처: Wikimedia Commons, Bride's Pool Nature trails Entrance.jpg by Gordon Cheung) CC BY 2.0 DEED

핑샨탓탁 학교의 망령(1) (이미지 출처: Rawpixel, Photo by S□nop Tarihî Cezaevi) CC0 Public Domain

핑샨탓탁 학교의 망령(2) (이미지 출처: Wikimedia Commons, Abandoned building of Tat Tak School, Ping Shan, Hong Kong, in February 2024 by Cypp0847) CC BY-SA 4.0

취안푸 초등학교의 폐쇄된 4층 (이미지 출처: Pixabay, Lost places) CC0 Public Domain